현우玄愚 이명현

서울대학교 철학과 학사 및 석사를 졸업하고 브라운대학교에서 철학박사 학위를 받았다. 독일 홈볼트재단 Humboldt-Stiftung 석학회원 fellow, 하버드대학교 철학과 방문학자 visiting scholar를 지냈으며 현 서울대학교 철학과 명예교수이다. 제37대 교육부장관, 한국철학회 회장을 역임했으며, 2008년 제22회 세계철학대회 조직위원장을 맡아 아시아권에서 최초로 열린 세계철학대회를 성공적으로 개최했다. 현 계간지《철학과현실》의 발행인이며 재단법인 심경문화재단 이사장이다.

쓴 책으로는『비트겐슈타인의 이해』,『보통사람을 위한 철학』,『열린마음 열린세상』,『(이명현 신작칼럼)길아닌 것이 길이다』,『이성과 언어』,『비트겐슈타인과 분석철학의 전개』,『신문법 서설』,『사회변혁과 철학』(공저),『현대철학특강』,『새 문명 새 철학』,『교육혁명』,『아름다운 세상』이 있고, 옮긴 책으로는『칼 포퍼』,『현대철학의 쟁점들은 무엇인가』,『열린사회와 그 적들 2』,『사회변혁과 철학』이 있다.

(주)북이십일 경계를 허무는 콘텐츠 리더

21세기북스 채널에서 도서 정보와 다양한 영상자료, 이벤트를 만나세요!
페이스북 facebook.com/jiinpill21   **포스트** post.naver.com/21c_editors
인스타그램 instagram.com/jiinpill21   **홈페이지** www.book21.com
유튜브 youtube.com/book21pub

당신의 일상을 빛내줄 탐나는 탐구 생활 〈탐탐〉
21세기북스 채널에서 취미생활자들을 위한 유익한 정보를 만나보세요!

돌짝밭에서

진달래꽃이

피다

돌짝밭에서

진달래꽃이

피다

현우 이명현
자서전

이명현 지음

21세기북스

차례

01
신의주 석상동
옛 고향 마을

어쩌다 보니 내가 '팔십 대 노인'이 되었다. 그런데 "행복하다happy"라는 말은 나의 삶과 전혀 상관이 없는 말이라고 내가 여겼던 때가 있었다. 그래서 나는 행복하다는 말을 쓰지 않았다.

지금 돌이켜보면, 나의 삶이 너무나 여유가 없던 때가 있었던 것 같다. 내 나이 오십이 넘어서부터야 겨우 '행복 기피증'에서 풀려난 것 같다. 그렇다고 해서 내가 젊었을 적에 사는 일이 너무 괴로워 삶을 포기하고 싶다는 비관론자로 살았다는 기억도 없다. 헤밍웨이는 "Every day is a new day"라고 『노인과 바다The Old Man and the Sea』라는 그의 소설에서 외쳐 말한다. 내가 오십 세가 되기 전까지 나를 지배했던 기본정서가 바로 '날이면 날마다 새로운 날이다Every day is a new day'이었던 것 같다.

지금 나는 어쩌다 보니 팔십 대 노인이 되었다. 젊어서는 산을 기어오르는 등산의 여정, 그다음에는 산에서 내려오는 하산의 여정이었다. 팔십 노인에게 알맞은 여정은 숨을 헐떡이는 등산이 아니라 긴 숨을 내쉬는 하산길이 아닐까.

이제 나는 80여 년의 등산의 여정과 하산의 여정을 되돌아보려 한다. 보기에 따라서는 오랜 시간일 수도, 혹은 쏜살같이 빠른 시간일 수도 있다. 나의 기억에 남아 있는 사건의 토막들을 주워 담아보려 한다. 시간의 서열에 따라 지난 사건들을 주워 담을 재주도 없다. 그 냥 생각나는 대로 늘어놓아볼 작정이다.

나는 평안북도 신의주시 남쪽 변두리에 있는 석상 동石上洞에서 어린 시절을 보냈다. 마을 이름이 암시하 듯, 돌 위에 있는 마을이었으나, 돌 틈에서 샘물이 넘쳐 나오는 동네에서 살았다. 여름에는 시원한 샘물이 땅 위로 용솟음쳐 나오고, 겨울에는 따스한 물이 솟구쳐 나오는 산동네, '물 좋은 동네'에서 살았다. 어찌 보면 '이상한 샘터'가 있는 동네였다.

이 동네에서 여덟 살까지 살았다. 내가 이 마을을 떠나 낯선 땅 서울로 오게 된 것은 돌아가신 아버님의 유언 때문이었다. 그 유언의 배경은 이렇다. 1945년 해 방 후 38선 이북에 진주한 소련군의 점령 아래서 '김일 성 장군'이라는 희대의 인물이 등장하여, "니팝에 고깃 국 먹는 새로운 세상", 공산주의 사회를 건설하겠다고 38선 이북 땅을 온통 들쑤셔놓았다.

02
대낮의
탈북 작전

1947년은 내 삶을 두 동강 낸 결정적 시간이다. 이때 우리 아버님은 김일성 치하에서 감옥을 드나들다가 병을 얻어, 세상을 떠나시기 전 두 가지 유언을 남기셨다. 첫째는 개신교 예배당에 나가라는 것이고, 둘째는 북한을 떠나 남한으로 가라는 것이다. 물론 이 유언을 실천에 옮긴 분은 우리 어머님이다. 그래서 우리 집에서 가까운 곳에 자리 잡은 낙원동교회에 다니게 되었다.

그리고 얼마 후 남한으로의 탈출 작전이 시작되었다. 그 당시 신의주에 있던 우리 집에는 어머님을 비롯하여 20대의 누님, 그리고 네 형제가 살았다. 우리 집의 장남인 큰형님은 이미 북한을 탈출하여 서울에 가 있었다. 우리 어머님이 시도한 북한 탈출 작전은 1차와 2차로 나뉘었다. 1차 탈출 작전은 어머님과 나와 내 바로 위의 형님, 3인조 작전이었다. 1차 탈출 작전은 신의주에서 해주역까지 기차로 가서, 해주에서 남쪽으로 뻗은 신작로를 따라 대낮에 남한으로 걸어 넘어가는 것이었다.

남한으로 향하는 신작로 길목에는 북한군이 지키고 있었으나, 우리 세 사람을 동네 사람으로 여겼는지, 검색하지 않았다. 그래서 한 십여 분 걸어가니 38선이라는 표지판이 우리를 가로막고 있었다. 38선 표지판을 지나니 마을이 나타났다. 그 마을에 사는 노인에게 다가가서 말문을 열었다.

"여기가 이남인가요?"

"예 그렇습니다."

　이렇게 해서 우리의 1차 탈북 작전은 너무나 가볍게 성공으로 끝났다. 이 탈북 작전을 성공시킨 비결은 '위장술'이었다. 우리 어머님은 해주에 있는 시장에 가서 채소를 사서 다른 사람들이 볼 수 있도록 채소를 담을 용기(가고, かご, 籠, 바구니)를 사서 들고 다녔다. 그러니 남이 보기에는 시장에서 채소를 사서 들고 다니는 동네 아주머니와 애들로 보였을 것이다.

03
4·19와
'새 생활 운동'

1960년 4월 초 나는 대학 입학 자격 검정시험에 합격하여 국립 서울대학교 문리과대학 철학과에 지원하고 합격하여 철학과 1학년 학생이 되었다.

그 당시 문리과대학은 일제 시대 경성제국대학이 사용하던 건물을 사용하였기에 지금의 대학로인 종로 5가에 자리 잡고 있었다. 입학식이 끝난 후 1학기 강의가 시작된 지 두 주째 되던 월요일이었다. 첫 강의가 시작되던 아침에, 학교 교정에 학생들이 모여 고함을 내

질렀다. 그래서 강의가 중단되어 많은 학생이 교정에 모여들기 시작했다.

"부정선거 취소하고 다시 하자"는 것이 교문 밖으로 나가자는 이유의 전부처럼 보였다. 얼마 전 대통령·부통령 선거가 있었는데 그때 부정선거로 이기붕 씨가 부통령에 당선되었다는 것이다. 그 당시 야당에서 나온 대통령 후보가 있었는데, 투표 전에 갑자기 세상을 떠났기 때문에 이승만 씨가 단독으로 출마한 격이어서 대통령으로 당선되었다.

하루 전날 고려대학교 학생들의 항의 시위가 있었으나, 그 날은 서울 안에 있는 모든 대학생이 광화문으로 모이게 되어 있었다. 나는 영문도 모른 채, 강의실에서 뛰쳐나와 교정에 모인 학생들 틈에 끼어 들어갔다. 마침내 교문 밖으로 나와 이화동 네거리에 다다랐을 때는 기마 경찰들이 학생들의 진로를 가로막았다. 그래서 학생들은 혜화동 쪽으로 방향을 바꾸어 광화문 쪽으로 내달렸다. 대열이 흩어지긴 했으나, 광화문까지 갔을 때 수천 명의 대학생이 모여드는 중이었다.

그리고 얼마간 시간이 지난 후, 그 당시 대통령이 계신 경무대(지금의 청와대)로 진격해갔다. 선발대가 경무대 정문 근방까지 접근했을 때, 몇 발의 공포탄 소리가 들렸다. 그다음엔 경찰이 시위대를 향해 사격하는 소리가 들리더니, 총에 맞아 피를 흘리는 학생들이 후퇴해 나오기 시작했다. 이날 첫 희생자는 문리대 수학과 4학년 학생이었다.

이렇게 시작된 4·19의거는 서울 전역으로 퍼져나갔다. 이때 이기붕 씨 가족은 모두 권총으로 자살하고 말았다. 그 후 전국에는 계엄령이 내려졌다.

그리고 대학교수들의 시가행진이 있었다. 마침내 이승만 대통령은 "국민이 원한다면 하야하겠다"라는 성명을 발표한 후, 경무대에서 나와 그가 대통령이 되기 전 살던 이화장으로 돌아옴으로써 자유당 정권은 종말을 고했다.

길거리에서 경찰들은 어디론가 사라지고 없었다. 파출소와 경찰서가 타버렸다. 그래서 학생들이 길거리에 나와 교통정리를 해야만 했다.

첫 학기가 이렇게 부산스럽게 끝나고 여름방학이 되었다. 여름방학에는 '새 생활 운동'이라는 활동이 학교 생활의 일부처럼 누구나 참여해야 하는 일로 주어졌다. 철학과는 물리과 학생들과 공동으로 활동하게 되어 있었다. 그 당시 대한민국이 외국에 수출하는 금액보다도 더 많은 금액이 커피 수입에 들어간다는 이야기가 돌아다녔다. 그래서 '커피 안 마시기'와 '양담배 안 피우기'를 핵심 과제로 삼고, 서울 시내 다방을 돌아다니며 외쳐댔다.

나는 명동극장 영사실에 들어가 극장 마이크를 이용하여 커피 안 마시기와 양담배 안 피우기 운동을 설파하기도 했다. 그리고 다방에 들어가서는 손님들의 주머니 속에 있는 양담배를 다 내놓으라고 해서 그 양담배를 자루에 넣었다가 시청 광장에서 불태우기도 했다. 외국 기자들이 놀라 우리한테 다가와서는 "학생들이 외국 담배를 왜 태우는가?" 하고 질문하기도 했다.

그리고 저녁에는 서울 한복판 백화점 등에 있는 댄스홀을 습격하기도 했다. 도망쳐 나오는 부인네를 향해서 "푹푹 썩은 년"이라고 학생들이 함성을 질러대기도 했다. 그 당시 외교관을 비롯한 외국인들이 많이 간다는 무학성이라는 댄스홀을 습격해서는, 학생들 가운데 영어를 할 줄 아는 사람이 나서서 외국인들에게 우리가 왜 이곳을 습격했는지 그 까닭은 설명하기도 했다.

그 당시는 춤바람이 서울 장안을 덮쳐 가정을 파탄내는 사례가 허다하다는 때였기 때문에, 댄스홀은 학생들이 벌이는 새 생활 운동의 공격의 표적이 되었다.

나는 서울대학을 다니던 4년 동안 다방이라는 곳에 가지 않았다. 혹시 가는 경우라도 커피는 마시지 않고, 우리의 전통차를 마시곤 했다. 혹시 남의 집에 손님으로 방문했을 때도 커피를 가져오면 사양하곤 했다. 서양 신사가 보기에는 도저히 이해할 수 없는 촌놈이 되고 말았다. '커피와 춤'이 어떻단 말인가? 그래서 나는 지금도 춤을 출 줄도 모른다. 그리고 커피는 써서 마시길 꺼린다.

04
나의 한글과
외국어 학습기

우리 집 가족 전체가 제주도로 삶터를 옮긴 것은
1949년이다. 우리 집의 큰형님께서 경찰로 근무했는데,
제주 4·3 사건 이후 서울에서 근무하던 경찰관들을 대
거 제주도로 발령을 낼 때, 큰형님도 제주도에 발령이
났다. 그래서 우리 어머님을 비롯한 동생들은 모두 제
주도로 삶의 터전을 옮겼다. 나는 제주도 고산리라는
마을에 살게 되면서 난생처음으로 학교라는 곳에 들어
갔다.

나는 제주도 고산국민학교에 2학년으로 들어갔다. 그런데 그때 내가 아는 한글은 "가나다라마바사아자차카타파하" 정도였다. 들어간 지 한 달도 채 되기 전에 나는 한라산에 땔감을 장만하러 형님들을 뒤따라갔다. 나는 땔감을 얼마간 등에 지고 오다가 쉬는 시간을 가졌다. 그때 불현듯 "각낙닥락…"과 같이 "가나다라…" 밑에 받침을 붙였을 경우 발음의 규칙성을 깨닫게 되었다. 그리하여 나는 금세 한글 전체가 어떻게 소리가 나는지 깨치게 되었다. 그야말로 한순간의 깨침으로 한글을 터득하게 된 것이다. 그렇게 해서 나는 다른 2학년 학생들처럼 한글을 줄줄 읽을 수 있게 되었다. 그래서 2학년 때에는 반 전체에서 학업성적 1등을 차지할 수 있었다.

그리고 나는 혼자서 대학 입학 자격 검정시험을 준비하면서 독일어를 처음부터 혼자 공부했다. 그 당시 시중에 나돌던 독일어 문법책을 사서 혼자서 독일어를 공부했다. 나는 대학에 입학하기 전에 독일어 성경을 혼자서 읽을 수 있는 수준까지 되었고, 서울대학교 입학시험 때 제2외국어로 독일어를 선택해서 시험을 치렀다.

서울대학교에 입학하고, 1학년 때에는 제2외국어로 불어를 선택했다. 그런데 그때는 4·19 의거가 있던 때라 불어 공부는 1년 동안 10과 정도밖에 진도가 나가지 못했다. 그래서 1학년 겨울방학 때 미국에서 출판된 불어책으로, 초보 문법부터 시작해서 프랑스 고전문학 작품까지 망라한 1,000페이지가 넘는 책을 방학 내내 통독했다. 그러고 나서 대학 2학년 때에는 불문과의 소설 강독 강의를 수강했던 적이 있다. 그리고 독일어는 독문학을 전공하는 학생들이 듣는 강의를 수강했는데, 이를테면 괴테의 『파우스트Faust』 같은 과목을 들었다.

그리고 그 당시 종교학과에서는 희랍어와 라틴어 강의가 있었는데, 2학년에 시작해서 4학년 2학기가 되도록 3년 내내 서양 고전어 강의를 수강했다. 그리하여 라틴어의 경우는 토마스 아퀴나스의 『신학대전』을 읽었으며, 희랍어의 경우는 희랍어로 된 '신약성서 강독'을 수강했다. 이리하여 나는 서양의 고전문헌은 원어로 읽을 수 있었다. '현대 러시아어'도 한 학기 강의를 수강했으나, 러시아어는 초보에 그치고 말았다.

그 당시 나는 매일 종로5가까지 전차를 타고 학교에 갔는데, 학교에 갈 때 영한사전 한 페이지, 올 때 한 페이지를 따로 외우곤 했다. 그렇게 해서 영어사전 전체를 전차 안에서 모두 공부했다.

05
미국행
김포비행장

 1968년 8월 난생처음으로 나는 일본 가는 비행기를 타러 김포비행장으로 나갔다. 당시에는 한국에서 미국을 가려면 서울에서 도쿄까지 가서, 그곳에서 미국 샌프란시스코행 비행기를 타야 했다. 그 당시 김포비행장에는 국제선 항공기를 타는 사람들을 환송하는 사람들이 올라가는 송영대가 있었다. 나를 배웅 나온 환송객 중에는 어머님을 비롯하여 우리 집 형제들과 친구들이 있었다. 그 당시에는 외국 나가는 여권을 얻기가 하도 힘들어서 한국에서 출국하려면 3년 동안을 외무부 문턱을 드나들어야 한다는 소문이 날 정도였다. 그래서 일단 비행기에 올라타면 한국을 향해서는 오줌도 싸지 않는다는 것이다. 한국으로부터의 탈출은 그렇게 너무나 통쾌한 일로 여겼다.

그런데 지금 그 옛날을 돌이켜보니 어머님과의 김포비행장에서의 작별이 영원한 마지막 작별이 되고 말았다. 그 당시 젊은 자식을 외국으로 떠나보내는 많은 부모님 가운데는 손수건을 움켜쥐고 눈물을 닦는 분들이 허다했다. 그런데 나의 어머님은 잘 다녀오라며 웃으며 손짓만 했다. 나도 웃으며 손을 흔들어댔을 뿐이었다. 그 당시 나의 어머님은 병원에도 가는 일이 없이 매우 건강한 상태를 유지하고 있었다. 미국 브라운대학교 대학원에 'University Fellowship'을 받고 떠나는 나였기에, 어머님뿐 아니라 환송객 모두가 즐거운 마음에 들떠 있었던 것 같다. 그래서 '눈물'과 연관된 어떤 미래 상황도 연상되지 않았던 모양이다. 그러나 세상일은 사람의 상상과 너무나 다르게 진행되는 것 같다.

내가 미국에서 몇 년 후에야 알게 된 일이지만, 내가 서울을 떠난 뒤 3개월 후쯤에 갑자기 우리 어머님이 반신불수의 몸이 되어 드러눕는 기상천외의 일이 일어났다. 이것도 흔히 말하는 호사다마好事多魔이런가!

우리 어머님이 반신불수로 몇 개월 고생하시다가 세상과 작별하셨다는 소식을, 나는 어머니께서 돌아가시고 난 후 1년이 지나서야 알게 되었다. 서울에 사는 우리 형제들이 나에게 어머님 소식을 전하지 않기로 했다는 것이다. 그 당시에는 여권도 단수 여권이어서 일단 귀국하면 처음부터 다시 출국 절차를 밟아야 했기 때문에, 나에게 알리지 않는 것이 내가 학업을 성공적으로 수행할 수 있게 하는 방책이라고 형제들 사이에 합의가 있었던 것 같다. 나중에야 어머님 소식을 듣고, 나는 며칠 동안 식음을 전폐하고 슬픔에 빠져 아무 일도 하지 못했다.

나는 우리 어머님이 낳은 아홉 남매 가운데 일곱 번째 자식이다. 우리 어머님은 딸 셋, 아들 여섯을 낳아 기르셨다. 그런데 지금 이 글을 쓰는 순간까지 살아 있는 형제는 셋뿐이다. 형님과 나 그리고 동생이 서울에서 살고 있다. 어머님께서 돌아가신 지도 벌써 55년이나 되었다.

06
브라운대학에서
5년 수학

내가 브라운대학 철학과에서 Ph. D 과정을 이수한 것은 1968년부터 1973년까지 5년간이었다. 이 기간이 아마도 미국의 경제력이 최고조에 도달했다가 하향곡선을 그리기 시작했던, 미국 역사에 있어서 결정적인 시기였을 것이다. 대학의 취업 사정도 마찬가지여서 1960년대 말까지는 Ph. D를 취득하면 곧장 미국의 A급 대학의 교수로 취업할 수 있었다.

그리고 1960년대 말 존슨 대통령 정부 시절에 이민

법이 완화되어 미국 국무성이 인정하는 수준의 외국 대학에서 학사 학위 이상을 취득한 자가 영주권을 신청하면 영주권을 내주었다. 한국의 경우는 미국 국무성이 인정하는 수준의 대학은 오직 하나였다. 서울대학교가 바로 그것이어서 그 당시 브라운대학에 재학 중이던 서울대 졸업생들은 영주권을 신청하여 모두 획득했다.

그런데 나만 신청하지 않았다. 나는 당시에 브라운에 다니던 한국 유학생들에게 학업이 끝나면 고국에 돌아가 '가난한 한국'을 살리는 일에 헌신해야 한다고 나름대로 애국의 열정을 토로하던 처지여서, 영주권 신청을 하지 않았다. 그런데 1970년대 이후부터는 취업 사정이 급전직하로 반전되었다. 더구나 1970년대부터 외국인 국적자가 대학에 취업하는 것은 하늘의 별 따기와 같았다.

그리고 1972년 10월에 한국 땅 위에는 박정희 군사 정권이 유신체제를 선포했다. 그래서 나는 한국에 귀국하고 싶지 않았다. 그러나 영주권을 신청하지 않은 나에게는 선택의 여지가 없었다. 만일 내가 1960년대에 영주권을 신청했더라면 미국 대학교에 취업하여 유신 체제 속의 한국으로 귀국을 서두르지 않을 수도 있었을 것이다.

07

귀국길 도쿄에서의
뜻밖의 사건

1973년 귀국길에 나는 로스앤젤레스에서 조경일이
라는 친구를 공항에서 만난 후, 일본 도쿄로 직행했다.
그리고 도쿄 공항에서 내려서 그곳 호텔에서 며칠 묵으
면서 도쿄를 구경한 후 귀국하기로 했다.

지하철을 타고 여기저기를 둘러보다가 일본 국회의
사당을 구경하기로 작정하고 국회의사당 근처를 배회
했다. 그런데 일본 경찰관이 나한테 다가와서는 자기를
따라오라고 하더니, 자기가 몰고 온 순찰차에 태우는

것이 아닌가! 그 순찰차가 도착한 곳은 '경찰서'였다. 그 일본 경찰은 영어를 한마디도 못 해서 한자를 써서 나와 최소한의 의사소통을 했다. 얼마 후 영어를 할 줄 아는 경찰관이 나타났다. 그는 얼마 동안 나의 미국 유학 이야기를 다 듣고 난 후, 나에게 내가 머무는 호텔까지 택시를 타고 가서, 내 여권번호를 전화로 알려달라고 했다. 그렇게 해서 일본 경찰서에서 풀려났다.

호텔에 돌아와서 TV 뉴스를 보고 안 사실인데, 그날 김대중 씨가 일본에서 납치되었다는 것이었다. 그날 내가 끌려간 것은 내가 김대중 씨를 납치해간 한국 사람들 가운데 한 사람이 아닌가 하고 의심했기 때문인 모양이다. 일본에서 김대중 씨를 납치해간 사람들은 당시 한국의 중앙정보부 소속이었다.

그런데 나는 미국에서 유학하고 귀국 중이었던 유학생이 아니었는가! 나는 미국에 있을 때 보스턴에서 김대중 씨의 얼굴을 본 적이 있었으나, 그와 아무런 개인적 인연이 없는 사이였다. 내가 그를 보스턴에서 여러 한국 교포들과 같이 만난 것은 한국에 박정희 정권이 유신을 선포했던 때였다. 내가 나중에 인지한 사실인데, 김대중 씨를 한국 중앙정보부의 납치 상태로부터 구해준 것은 미국이었다. 미국이 아니었다면 김대중 씨는 바닷물 속에 사장되었을지도 모른다. 그러나 그는 미국의 덕택으로 그 사경에서 살아나와 나중에 한국의 15대 대통령이 되었다.

08
한국 대학에서
교수 생활 시작

1973년 가을에 한국에 귀국했다. 다행히 굶어 죽지는 않을 상황이었다. 한국외국어대학교 교양 철학 선생 자리를 김준섭 교수께서 마련해 놓으셨기 때문이다. 외대에는 그때까지 교양 철학 담당 전임 교수가 없었다. 시간강사들이 외대 일학년 철학 강좌를 담당케 했다.

그런데 내가 조교수로 발령을 받고 받은 한 달 보수는 미국 브라운대학에서 펠로우십으로 받던 금액보다도 조금 적은 수준이었다. 1974년쯤에 이란어학과가 신설되었는데, 나보고 학과장을 맡으라고 박술음 당시 학장이 요청해서 페르시아어라고는 한 단어도 모르는 내가 학과장 일을 맡았다. 그 당시 학과에는 젊은 이란인 강사와 한국인 강사들이 페르시아어를 가르치고 있어서, 나에게는 학과 행정적 책임이 맡겨졌다.

이렇게 외대에서 철학을 가르치는 동안 중앙대학교 철학과 이석희 교수님과 성균관대학교 철학과 김여수 교수께서 강사로 나오라고 해서 두 대학을 드나들었다. 그리고 또 이화여대 대학원 기독교학과 학생들에게 칸트 강의를 해달라고 서광선 교수께서 요청해서 나가기도 했다.

1975년에는 서울대학교 철학과에서 분석철학 분야를 가르칠 전임 교수를 뽑는다고 해서 응모했다. 내가 학과 교수 다수의 찬성으로 교수 임용 요원으로 대학 본부에 제청되었다. 그래서 정식 발령을 받기 전이었지만, 세 과목 강의가 배정되어 강의하기 시작했다.

1975년은 서울 여기저기에 흩어져있던 서울대학교의 단과대학들이 관악산 밑으로 통합되던 때였다. 서울대학교 건물이 들어서기 전에 그 지역에는 골프장이 있었다. 골프장 안에 군대 병영 같은 4층 건물들을 세웠다. 그 당시에는 박정희라는 권력자의 명령이라면 불가능이 없던 때였다. 서울대 건설 책임자는 박 대통령이 임명한 예비역 장군이었다. 그래서인지 학교 캠퍼스 건물이라기보다는 군 막사 같은 건물들이 관악산 기슭에 꽉 차 있었다.

나의 서울대 강의는 관악산 새 캠퍼스에도 있었지만, 아직 이사 들어오지 못한 옛 서울 공대 안에 있던 교양학부 건물, 그리고 을지로 6가에 있던 서울 음대 건물에서도 있었다. 나는 이곳들을 택시를 타고 드나들며 강의를 해야 했다. 그리고 그때 나는 서울대로 정식 발령을 받지 않은 상태여서, 정식 교수 월급은 못 받고 있었기에 외대에 사표를 제출하지 않은 상태였다. 그래서 월급을 받던 외대에서도 강의하느라 택시를 타고 드나들었다. 그렇게 동분서주東奔西走하다 보면, 점심도 먹지 못한 채 주말만 빼놓고 종일 허둥거리며 다녀야 했다. 지금 돌이켜 생각해보면, 그때 나의 젊은 기력이 아니었더라면, 감당하기 어려운 삶이었다.

　그런데 학과 교수회의에서 전임 교수 내정자로 본부에 인사 제청했던 일은 중도에 허사로 끝나고 말았다. 서울대학교 교수 임용 제도가 학과 교수회의 결정 사항에서 학교 본부가 직접 관장하는 체제로 바뀌는 바람에 그때까지 임용되지 않은 인사는 모두 폐기되었다. 그래서 나는 새로운 제도에 따라 본부가 주관하는 철학 교수 채용에 처음부터 다시 응모할 수밖에 없었다. 그러나 지금까지 맡아났던 철학과 강의는 그대로 지속하라는 것이다. 그렇게 본부가 주관하는 절차에 따라 응모하여 최종 임용 결정이 난 것은 1977년 봄 학기였다. 그러다 보니 1975년부터 시작한 나의 강의지만, 정식 교수 발령이 난 1977년 봄까지 강사로 강의했다. 그리고 외대도 1977년 봄에야 완전히 교수직을 사임했다.

09
'새마을지도자연수원'과
'정신문화연구원'

나는 1977년에 서울대학교 공채 1기 교수로 임용된 후 일주일 동안 수원에 있는 새마을지도자연수원에 입주하여 군복과 비슷한 푸른 제복을 입고 연수원 교육을 받으라는 통지를 받았다. 연수원에서 마련한 버스를 타고 연수원에 입교했다.

내가 소속된 집단은 일반 연수원생과는 구별되는 최고위급과정이었다. 여기에 속한 사람들은 당시 여당의 최고급 간부들과 서울의 주요 언론사 편집국장들,

재벌급에 해당하는 최고 기업의 소유주, 그리고 나와 같이 서울대에 공채로 채용된 교수 등이었다.

거기에 소집된 사람들에 비하면 나야말로 일개 학자에 불과하지만, 거기에 온 사람들은 대단한 권력자들과 재벌 총수 그리고 언론인 대표들이었다. 그때 만난 가장 기억에 남는 인물은 지금은 세상에서 사라진, 당시에는 혜성처럼 떠오른 세계적인 기업 '율산'의 창업주인 신선호 씨다. 당시 그는 나의 서울대 후배인 젊은 청년에 불과했으나,《뉴스위크》등 외신에서 크게 주목했던 세계적인 기업의 창업주였다. 그런 그를 새마을지도자연수원에서 만난 것이었다.

그는 나에게 말하기를 자기가 한 달에 필요한 현금은 단돈 만 원뿐이라고 했다. 자기네 사무실이 있는 건물 안에 있는 이발소에서 한 달에 한 번 이발하고 내는 현금 만 원 이외에는 현금을 자기 돈으로 만지는 일이 없다는 것이다. 그때 마침《뉴스위크》에 실린 '율산'에 관한 기사를 읽고 '율산'의 번영에 대해 내가 언급했더니, 신선호 씨는 최고 번성기가 위기가 될 수 있다고 말했다.

그런데 그 몇 주 후에 '율산'이라는 기업은 해체의 비운을 맞이했다. 당시 부완혁 씨가 '율산'의 회장직을 맡고 있었는데, 그는 유명한 언론인의 한 사람이었다. 그런데 부완혁 씨가 그 당시 김대중 정치인에게 돈을 건네주었다는 것이 중앙정보부에 의해 탄로가 나는 바람에 박정희 대통령이 모든 은행 대출을 차단하자 '율산'은 일시에 해체되고 말았다. 이 사건은 연수원에서 내가 만난 신선호 씨와의 대면을 기억나게 한다.

1978년에는 유신체제를 강고하게 만드는 대학원 수준의 연수기관으로 '정신문화연구원'이 설립되었다. 박정희 정권이 김태길 교수를 '정신문화연구원' 설립 책임자로 임명하고, 그 추진을 대통령이 직접 지시했다. 그때 김태길 교수께서 나를 만나자고 해서 만났더니, 그간의 사정을 나에게 상세히 설명해주셨다. 그러고 나서 김태길 교수는 연구원 설립 초안을 만드는 데 2~3일 정도 도와달라고 나에게 부탁하시면서, 청와대로부터 전해 받은 '정신문화연구원' 설립과 관련된 문건들을 보여주셨다.

내가 보기에 유신체제를 위한 대학원 수준의 연구원을 만드는 것이 핵심 목표였다. 그러나 그 기관을 어떻게 만드느냐는 김태길 교수에게 전적으로 일임한다는 것이 청와대 측의 설명이었다. 그래서 나는 김 교수께 '정신문화연구원'은 그 이름이 대충 암시하듯이 순수 학술연구원으로 하되, 한국학 연구의 본산으로 기획하는 것이 좋겠다는 의견을 제시했다. 김 교수께서도 그게 좋겠다고 하셔서 그런 틀 안에서 설립 기획안을 김 교수님과 함께 설계했다. 그리고 그 연구원에서 연구할 인적자원의 구성도와 구체적인 인물의 명단을 작성했다. 그런 작업을 하는 데 약 이틀이 걸렸다.

그러고 나서 나는 더 이상 이 일에 관여하지 않겠다고 김 교수께 말씀드리고 일을 끝냈다. 그 후에는 이상주 교수가 김 교수와 함께 거의 1년에 가까운 시간에 걸쳐 일을 함께 했는데, 나는 김 교수와 이상주 교수가 수행한 일의 내용에 관해서는 아는 바가 없다.

그런데 김태길 교수에게 주어진 청와대의 진정한 과

제의 참뜻을 김 교수가 알게 된 것은 김 교수가 박 대통령에게 최종보고를 할 시점에 이르렀을 때였다고 나에게 말해주었다. 최초에는 김 교수 마음대로 '정신문화연구원'의 설립 구도를 구상해보라고 했으나, 실상은 내가 처음에 느꼈던 것과 같이 유신체제를 공고화하는 데 동원될 지적 토대를 마련하는 대학원 수준의 유신체제 훈련원(양성소)을 만드는 것이 박정희 대통령의 진정한 의도였다. 김 교수는 그것을 마지막 단계에 가서야 청와대와 '정신문화연구원' 건설 담당자들의 입을 통해 실토하는 것을 듣게 되었다. 김 교수가 처음에 나를 만나서 이야기했던 것은 그들의 진정한 의도가 담긴 말이 아니었다.

이 엄연한 사실을 깨달은 김 교수는 '정신문화연구원' 책임자의 자리를 떠나기로 마음먹었다. 그래서 단식을 통해 체중을 줄이면서 청와대 당국자들에게는 '건강상 이유'로 '정신문화연구원'의 책임자 자리를 떠날 수밖에 없다는 것을 지속적으로 보고했다. 그런 끝에 김태길 교수는 '정신문화연구원' 발족까지는 근무하되,

곧 사임하는 것으로 결정이 났다.

유신체제는 청와대 안가에서 박 대통령 자신의 친구인 중앙정보부장이 겨눈 권총 한 발로 끝을 맺고 말았다.

그 후 세월이 흘러 군사정권이 종식되고 YS의 문민정부가 대한민국을 이끌어갈 때 '정신문화연구원'의 공식 명칭은 '한국학연구원'으로 개칭되었다. 이 작업은 문민정부의 교육부장관의 직책을 맡고 있던 내가 교육부 산하 기관의 명칭을 바로잡을 때 김태길 교수께 내가 애당초 제안했던 이름으로 바꾸어놓은 것이다.

역사는 장난이 아니다. 긴 안목으로 역사를 볼 줄 알아야 한다.

10
해직 교수라는
해괴한 삶의 역정

1975년부터 시작한 관악산 기슭에서의 교수 생활
은 어쩌면 나의 젊은 시절의 열정을 온통 쏟아부은, 나
의 삶의 노른자위라 할 것이다. 내가 가르친 분야는 현
대 분석철학의 등장과 서양철학의 변혁 과정에 관한 것
이었다. 당시만 해도 우리 한국 땅 위에는 분석철학은
매우 낯선 사상으로, 일반 지식사회뿐 아니라 한국철학
계에서도 일종의 이단아로 여겨졌다. 그래서 나는 스스
로 분석철학의 전도사로 자처하고 다녔다. 따라서 세인

의 이목을 끌기도 했지만, 때로는 오해와 비난의 대상
이 되기도 했다. 나는 분석철학을 비트겐슈타인이라는
천재적 기인을 중심으로 소개했다. 그 당시 내가 강의
했던 내용 일부가 1980년에 『이성과 언어』라는 책으로
출간되었다.

내가 서울대학교 전임 교수가 된 이후부터는 다른
대학에 강사로 출강하던 일은 모두 중단했다. 그리고
숭실대학교와 중앙대학교 등에서 대학원 학생들을 가
르쳐달라고 하면, 나의 서울대학교 대학원 강의에 학생
들을 보내라고 해서 타 대학의 요청을 소화했다.

내가 서울대학교에서 근무했던 1975년부터 1979년
까지의 대학의 사정은 그야말로 '긴장과 투쟁의 현장'
이라 하지 않을 수 없다. 그때는 박정희 군사체제가 유
신이라는 인류 역사에서 보기 드문 폭압 통치를 하던
시대였다. 그래서 젊은 청년들의 분노가 하늘을 찌를
것 같은 분위기가 대학을 온통 사로잡고 있었다.

드디어 1979년 궁정동 안가에서 울려 퍼진 권총 사
격 소리와 함께 유신체제는 막을 내렸다. 유신체제가

막을 내리기 전까지 관악캠퍼스 안에서 학기가 시작되면 수십 명의 학생이 학교에서 제적을 당하곤 했다.

궁정동 안가에서 일어난 비극적 사건이 있고 난 뒤, 대한민국 정부는 전두환과 노태우에 의한 제2의 군사적 충돌이 일어난 후 1980년을 맞이했다. 1980년이 되자 대학가는 다시 들끓기 시작했다. 학생들은 교문을 박차고 서울 중심거리로 뛰쳐나갔다. 학생들이 교문 밖으로 나가지 못하도록 학과마다 젊은 교수들이 설득 작전을 폈으나 소용이 없었다. 그 설득 작전을 하려고 이 대학 저 대학에 소속된 젊은 교수들이 한자리에 모인 적도 있었다. 어쩌다 보니 내가 젊은 교수들 모임에서 일종의 중심인물이 되어 있었다.

학생들의 서울 중심거리에서의 시위는 결국 '광주민주화운동'으로 발전되고 말았다. 서울대학교의 젊은 교수들이 학생들이 교문 밖을 나가지 못하도록 설득 작업을 벌인 것은 그 당시 보안사에 소속된 전두환 장군 무리가 학생들의 소란을 핑계 삼아 군사 통치를 강화할 것이라는 예견을 했기 때문이다. 그 예견을 뒷받침해주는 여러 가지 사건의 단서들을 우리 젊은 교수들이 파악하고 있었다.

결국, 비극적인 광주민주화운동이 벌어지고 말았다. 그리고 얼마 후 보안사령부는 대한민국의 주요 대학에 소속된 교수들을 대학에서 추방했다. 서울대는 네 명, 그리고 연세대학교, 고려대학교, 이화여자대학교, 성균관대학교는 여섯 명, 또한, 중앙대학교와 전남대학교 등에서도 여러 명을 추방했다. 전국에서 90여 명의 교수가 대학에서 쫓겨났다. 이때 대학에서 쫓겨난 분들이 '해직 교수'라는 훈장 아닌 훈장 같은 이름을 얻게 되었다. 그때 나도 서울대에서 추방된 네 명의 해직 교수 가운데 한 사람이 되었다.

광주민주화운동이 비극으로 치닫던 날, 나는 새벽녘에 일찍 일어났다. 그 전날 밤 전국의 분위기가 너무 삼엄했기 때문이다. 일찍 일어나 근처에 사는 가까운 동료 교수의 집에 들렀다가 나의 아파트로 돌아왔다. 당시 나와 같이 살던 형님이 나에게 이야기했다. 보안사에서 나를 잡으러 왔다 갔다는 것이다. 내가 예견

했던 대로 '전두환 무리가 작전을 시작했구나!'라는 생각이 들었다. 무슨 흉계를 꾸며 군사 통치를 하려고 획책하고 있음이 틀림없어 보였다. 그래서 일단 피신하기로 했다. 위장하려고 청바지와 잠바 그리고 모자를 사서 걸치고, 집에 가지고 있던 수표 몇 장을 바지 주머니에 집어넣고 집을 나갔다.

당시에 미국에서 사업을 하던 나의 대학 동기가 소공동 롯데호텔에서 묵고 있었다. 우선 그 친구의 호텔 방에서 시간을 보내면서 차후의 도망 일정을 생각해보기로 했다. 그 당시 시청 옆에 있던 롯데호텔 근처에는 무장군인들이 길가를 점령하고 있었다. 허허실실이라, 잡으려는 놈들의 무리 한복판으로 내가 들어간 셈이다.

친구가 머무는 호텔 방을 찾아가서 내가 왜 왔는지 그간의 사정을 이야기했더니, 그는 자기가 서울에 머무는 동안 호텔 방에 같이 유숙하자고 제안했다. 그래서 그 친구가 한국을 떠나기 전 이틀 동안 함께 머물렀다. 도망자의 신세치고는 최고였다.

집에 있는 형님과 연락했더니, 보안사 요원들이 나의 책상 서랍 속에 있는 수첩을 가지고 갔다가 다시 돌려주었다고 했다. 그래서 그들이 돌려준 수첩을 형님한테서 넘겨받았다. 그 수첩 안에 적혀 있는 친구는 빼고, 그 외 내가 가깝게 지낸 친구에게 연락해서 며칠씩 머물기로 했다. 나의 예견대로 보안사 요원들이 수첩 안에 적혀 있는 친구들의 집을 수색했다고 한다.

보안사 요원들과 '숨바꼭질'을 한 셈이다. 그러기를 한 달, 신문에 수십 명의 명단이 발표되었다. 그 기사에는 김대중 씨가 국가 전복 음모의 괴수로 발표되었고, '국가 전복 음모자'인 그를 추종한다는 각 대학의 교수들 이름이 적혀 있었다. 물론 보안사 요원에 의해 체포되어 간 교수들의 이름이다. 나의 이름은 나타나지 않았다. 도망에 성공했으니 말이다.

그래서 알 만한 사람에게 자문했더니, 지금은 '자수'해도 좋을 거라고 했다. 그래서 우리 집 근처에 있는 경찰서로 전화해서 자수하겠다고 했더니, 내가 있는 곳으로 오겠다고 했다. 그래서 내가 내 집이 아닌 곳에 있

으니 집에 가서 옷을 갈아입고 경찰서로 자진 출두하
겠다고 했다.

그래서 집에 가서 옷을 갈아입고 강동경찰서로 택
시를 타고 갔다. 그 당시 나는 잠실 고층 아파트에 살
고 있었다. 처음에는 보안사 요원이 직접 나를 체포하
려고 다니다가, 나중에는 해당 경찰서로 이관했다는 것
이다. 경찰서에 들어갔을 때, 처음에는 참고인으로 몇
가지 심문을 한 후, 귀가시키겠다고 했다. 약속과는 달
리 심문이 끝난 후 보안사에 전화해보더니 귀가를 시
키지 않았다. 한참 후에는 내게 경찰서 유치장에 들어
가라는 것이다. 그러면 나는 보안사로 가겠다고 주장했
다. 한참 후에 보안사에는 보내지 않고, 경찰서 유치장
간수들이 기거하는 방에 같이 있으라고 했다. 그래서
간수들과 함께 유숙하면서 경찰서에서 매일 심문을 받
았다.

한 달 정도 흘렀다. 어느 날 서울 보안사로 나를 데
리고 갔다. 보안사 안에 있는 캄캄한 방에 나를 몇 시
간 가두었다. 이놈들이 나를 겁주려고 하는 짓이라고

보고 나는 담요를 덮고 몇 시간 잠자리에 들었다. 그런데 보안사 요원이 나를 깨우는 것이 아닌가! 그리고 나를 서울 지역 보안사 사령관 방으로 데리고 갔다.

보안사 사령관은 점심도 거른 채 나와 5~6시간 대화를 하자는 것이다. 이것은 공식 심문은 아니라는 것이다. 그러면서 나의 인생 철학은 무엇인가? 유신체제는 어떻게 생각하는가? 등 거시적인 문제들을 묻는 것이다. 5~6시간의 대화가 끝난 후 보안사령관은 나에게 매우 합리적인 지식인이라고 생각한다고 말하고, 자기는 나를 집으로 돌려보내겠다고 했다. 그런데 자기에게 남는 의문이 있다고 했다. 나를 나쁘게 거론하는 정보가 여러 가지가 있다는 것이다. 하지만 직접 나와 이야기해보니 나쁜 사람이 아닌 것은 분명하다는 것이다. 그래서 마지막으로 보안사 요원을 부르더니 나를 잘 모시고 나가 택시를 잡아드리라고 명령하는 것이 아닌가? 그래서 서로 악수하고 작별했다.

집에 돌아와 나는 학교에 매일 출근했다. 내가 집에서 출근하는 동안 내가 지도하는 대학원 학생(당시의

육사 교관 출신 중령)이 보안사령관을 찾아가서 나를 변호하는 이야기를 했는데, 그 사령관 개인의 차원을 넘어선 문제여서, 자기는 어쩔 수 없다고 했다 한다. 전두환 장군에게 최종 권한이 있다는 것이었다.

서울대에 출근하던 어느 날, 학장실에서 나를 부른다고 해서 갔다. 그 당시 민석홍 학장이 울먹이더니, 위에서 사표를 받으라고 연락이 왔으니, 사표를 쓰라는 것이다. 그래서 민 학장님께 염려 마시라고 하고, 사표를 쓰고 도장을 찍었다. 그리고 인사하고 학장실을 나와 나의 연구실로 돌아와 학과 교수들과 작별 인사를 나누고 서울대학교를 떠났다. 이렇게 해서 나는 서울대 교직을 떠났다. 그 후 4년 1개월 후에야 나는 다시 서울대학교에 복직되어 제2의 서울대 교수 생활을 시작했다.

대학에서 쫓겨나 있는 동안 독일 정부의 초청으로 1982년부터 1983년까지 1년 동안 독일을 비롯한 유럽 각국의 아름다운 서구 문명을 체험할 수 있었던 것은 너무나 다행스러운 일이었다.

1983년 김영삼 당시 야당 총재가 단식투쟁을 하는 바람에 민주화운동의 열기가 남한 땅 위에 활활 타오르게 되었다. 대학에서 추방당한 해직 교수들도 민주화운동의 대세를 올라타고 재야정치가들과 호흡을 같이했다. 삼십여 명이 해직교수협의회를 조직했다. 나이 드신 해직교수들을 공동대표로 모시고, 젊은 교수들이 일꾼으로 이리 뛰고 저리 뛰었다. 나와 고려대학교의 이상신 교수가 심부름꾼 노릇을 했다. 처음에는 평창동 냉면집에서 모이다가, 나중에는 광화문 근처 음식점에서 모였다. 당시 군사 통치 왕초였던 전두환 장군이 칩거하던 청와대 가까운 곳에서 압박을 가하려 시도한 것이다.

결국, 얼마 후에 청와대로부터 연락이 왔다. 우리 해직교수모임의 대표들을 만나자는 것이다. 우리 대표들을 만나서 하는 말이, 얼마 후에 본래 있던 대학으로 원대 복귀시키겠으니, 떠들지 말고 침묵을 지키고 기다리라는 것이었다.

드디어 정부에서 해직 교수들을 복직시킨다는 발표가 언론에 보도되었다. 1984년 가을 학기에 복직되었다. 4년 1개월 만에 나는 관악산으로 돌아왔다.

11

칼럼니스트와
방송인이라는
새로운 사회적 겉옷

내가 대학에서 쫓겨나 '해직교수'라는 이상야릇한
직업을 가진 사람으로 세인들에게 불리던 시절, 장안의
내로라하는 일간지 신문사들은 나의 직업을 칼럼니스
트columnist로 둔갑시켜 신문에 칼럼을 쓰게 했다. 내가
초대받은 신문들은 한둘이 아니었다. 그 당시 군사정부
에 매우 비판적이었던 동아일보를 비롯하여 중앙일보,
한국일보, 경향신문, 조선일보, 문화일보 등 장안 대부
분의 신문이 나를 칼럼니스트로 대우했다. '해직교수'

또는 '전 서울대 교수'라고 할 수도 있겠으나, 이 명칭 자체가 일반인들에게 반정부적인 인물이라는 인상을 줄 수 있으니, 신문사들은 나에게 칼럼니스트라는 새로운 명칭을 준 게 아니었던가 한다.

그렇게 많은 시론을 쓰다 보니 어떤 신문사의 논설위원 한 분은 나보고 자기네 직업에 대한 도전자라는 비판까지 했던 것이 기억난다. 하기야 그 당시 나는 서울대학교 교수라는 본래 직업이 집권자들에 의해 찬탈당한 처지였기에 만일 신문사로부터 일해달라는 요청을 받는다면 너무나 기꺼이 그 제의를 받아들였을지도 모른다. 그러나 나는 그 당시 어떤 신문사로부터도 그런 제의를 받아본 적이 없다. 그것은 당시 권력자가 가장 싫어하는 처사가 될 것이 틀림없었기에 그런 일은 일어날 수가 없었다.

그렇게 여러 신문의 칼럼을 통해 인지도가 꽤 높아졌는지 여기저기 방송사로부터 각종 프로그램에 초청을 받기도 했다. 그 가운데 KBS의 〈심야 토론〉이라는 프로그램에는 거의 고정출연자라 할 수 있을 정도

로 매주 출연하게 되었다. 그 당시 교수직을 박탈당해
서 아무런 수입이라곤 없건 나에게 신문에 칼럼을 쓰
고 받은 원고료와 방송에 출연해서 받은 돈은 나의 빈
곤한 삶에 상당한 보탬이 되었던 것이 사실이다.

12

트리어 그리고
유럽 기차여행 여섯 달

나에게 유럽을 체험할 기회가 왔다. 전두환 보안
사 덕분이다. 보안사에 의해 서울대에서 강제 해직된
후, 내가 전부터 알고 지내던 독일 교수 라드니에츠키
가 한국을 방문했을 때 그를 만났다. 내가 서울대에서
쫓겨나 놀고 있다고 말했더니, 그러면 독일에 와서 지
내면 어떻겠느냐고 했다. 방법은 훔볼트재단Humboldt-
Stiftung에서 외국 학자를 초청하는데, 자기가 추천하겠
으니 거기에 신청해보라는 것이다. 그래서 내가 신청해

서 1982년에 훔볼트의 석학회원Fellow이 되어 독일로 떠났다.

프라이부르크Freiburg시에서 두 달 동안 독일어 교육을 받은 후 라드니에츠키 교수가 재직 중인 트리어Trier 대학교에 자리를 잡았다. 트리어는 독일의 옛 도시로서 카를 마르크스가 태어난 곳이다. 트리어에서 고등학교 교사가 소유한 집, 반지하실에 세 들어 살았다. 트리어는 우리나라로 치면 경주와 같은 옛 도시로서, 로마 시대에 건설되었으며, 독일 중부에 있고, 프랑스와 접해 있다. 독일에서는 와인을 생산하는 유일한 지역이다.

트리어는 카를 마르크스의 생가가 있는 곳으로도 유명하다. 나는 이곳에서 1년 체류하면서 기차를 타고 온 유럽을 구경하러 다녔다. 일주일은 트리어에서 쉬고, 일주일 동안은 기차를 타고 유럽의 이 나라 저 나라를 탐방했다. 날짜로 따져보니 일 년 가운데 여섯 달은 트리어에 머물고 나머지 여섯 달은 기차로 유럽의 각국을 다닌 셈이다.

미국 유학 시절 내가 체험했던 서구 문명과는 판이한 유럽의 서구 문명을 체험할 수 있었던 귀중한 시간이었다. 오래된 것 가운데 독재체제의 왕을 빼놓고는, 오래된 것, 옛것을 매우 소중하게 여기는 유럽 문화에 강한 인상을 받았다. 그리고 자그마한 나라마다 특이한 특성을 지닌 유럽의 나라들이지만, 국경의 높이가 별로 느껴지지 않았다. 나는 유럽에 머무는 동안 스위스의 제네바와 오스트리아의 잘츠부르크를 자주 찾곤 했다.

그리고 한번은 파리의 지하철에서 돈지갑을 소매치기당했는데, 소매치기 일당 가운데 한 사람을 붙잡았다. 그런데 내 지갑을 소매치기해서 달아난 젊은 놈이 다시 지하철을 타고 돌아와 나의 호주머니에 지갑을 넣고 사라졌다. 그렇게 된 것은 내가 잡은 소매치기 일당이 그렇게 할 수밖에 없도록 내가 몰아쳤기 때문이다. 본래 소매치기 일당은 삼인조였는데, 그 가운데 한 놈을 잡아 내가 족치니까 결국은 굴복을 하고 만 셈이다. 나한테 붙잡힌 놈이 나에게 여러 가지 협박을 했으나,

내가 그놈을 태권도로 위협하니까 결국 소매치기해갔던 자가 나타나서 내 지갑을 내 주머니에 넣고 달아나게 된 것이다. 이런 일은 내가 어디에서도 겪어본 적 없는 전무후무한 경험이다.

또 한 가지 기괴한 경험을 했는데, 그것은 제네바 기차역에서 일어난 일이다. 제네바에서 파리로 가는 기차를 타려고 헐떡이며 뛰어 개찰구로 갔다. 기차 시간에 조금 늦었기 때문이었다. 그랬더니 역무원이 나의 짐과 몸을 수색했다. 제네바에서 파리로 가는 기차는 스위스와 프랑스의 국경지대이기 때문에 세관 검사를 하게 되어 있었다. 그래서 역에 있는 세관원이 나의 짐과 몸을 수색했더니, 아무것도 문제 되는 물건이 나오지 않았다. 그러니 세관원이 나를 데리고 다른 곳으로 가더니, 입은 옷을 다 벗고 팬티까지 벗으라고 명령하는 것이 아닌가! 할 수 없이 그가 명령하는 대로 시행했다. 아무것도 새로운 것이 나오지 않았다. 그러고서야 모든 일이 끝났다.

왜 이런 희극이 벌어졌는가 하고 생각해보니, 내가 헐떡거리며 달려오는 바람에 내 인상착의에 '문제'가 있음을 그 세관원이 느꼈던 모양이다. 그래서 무슨 마약 소지자가 아닌가 하고 의심했던 것 같다. 나중에 알고 보니 스위스는 마약 단속이 매우 철저한 나라라는 것이었다.

내가 독일에 체류하는 동안 빈Wien시에서 주최하는 모임에 칼 포퍼Karl Popper가 초청되었는데, 나도 그 모임에 갔다가 칼 포퍼를 직접 만났다. 그 자리에서 내가 포퍼의 저서 『열린 사회와 그 적들』을 한국어로 번역했음을 이야기했더니, 매우 반가워했다. 그 자리에 러시아어로 같은 책을 번역한 러시아 학자도 함께했다.

내가 독일에 머무는 동안 뮌헨대학에 재학 중인 나의 서울대 철학과 동기인 서승덕 군도 몇 차례 만났다. 그리고 철학과 동기인 박대원 군도 그가 당시에 살던 쾰른Köln에서 만났다. 그리고 철학과 3년 후배인 송두율 군도 베를린에서 만났다.

　나중에 알고 보니 박대원과 송두율은 북한과 내통했다는데, 내가 그들과 만났을 때는 북한 이야기는 한마디도 없었다. 박대원은 작년엔가 독일에서 별세했다는 소식을 내가 한국에서 들었다. 그리고 송두율은 노무현 정권 때 한국에 귀국한 적이 있었으나, 나는 만난 적이 없다. 내가 서울대에 다닐 적에 송두율은 3년 후배였으나 서로 아는 사이였다. 내가 미국에서 돌아와 보니 독일에 유학 갔다는 소문을 들었다.

　나는 박대원과 송두율이 어떻게 북한과 연관되었는지 직접 들은 바가 없다. 나는 그들이 최근에는 북한에 대해 어떻게 생각했는지 매우 궁금하다. 나의 철학과 동기생들 가운데 한때 친북사상을 가졌던 사람들도 지금은 모두 옛 생각을 다 내던져버린 것으로 안다. 우리나라에서 지금 유명한 언론인 가운데 한 분은 서울대에 다닐 때 대단한 좌파였으나, 지금은 '극우'라고 사람들이 손가락질하는 우파 인사로 변했다.

우리 철학과는 옛날에 좌익 열성분자가 꽤 많았다고 한다. 젊어서 사상에 심취하는 것은 흔히 있는 일이다.

13
사십대 말에
인생의 짝을 만나다

　복직 후 1년쯤 되던 1985년 6월에 세종문화회관의 작은 연주 홀에서 피아노 연주회가 있었다. 형님과 형수가 아는 지인으로부터 그 연주회 초청 티켓을 받았다고 하면서 나에게 동행하자고 했다. 형님 내외와 동행하여 연주회장으로 입장하는데, 입구에서 내가 전에 남대문교회에 다닐 때 알던 장로님이 입장하는 손님들께 인사를 하는 것이었다. 나도 얼떨결에 인사를 나누었다. 장로님께서는 나에게 연주회가 끝난 후 자그마한 파티가 있으니 참석하라고 당부했다. 연주회가 끝나고 파티에 참석했더니, 장로님께서 연주자를 나에게 인사 시키는 것이 아닌가? 같은 학교에 있으니 자주 만나자 고 서로 인사를 나누었다. 이것이 나의 인생의 짝을 처음 만난 사건이다. 그 장로님은 나중에 나의 장인이 되셨다.

그 연주회가 끝난 지 두어 주 후에 음대 연구실로 전화를 걸었다. "김귀현 교수시지요? 저 철학과 이명현 입니다." 이렇게 통화는 시작되었다.

토요일 오후에 반포동에 있는 팰리스호텔 커피숍에서 만나기로 약속했다. 나의 인생의 반려자가 될 여인과의 첫 데이트였다.

나는 토요일 오후 테니스 운동을 끝낸 후 약속한 호텔로 택시를 타고 갔다. 커피숍에서 커피를 마시며 긴장을 가라앉히고 나서 2층에 있는 양식부에서 저녁을 함께하자고 제안했다. 와인을 곁들여 저녁을 끝낸 후, 택시로 청파동에 있는 김귀현 교수의 집까지 데려

다주고, 나는 잠실에 있는 내 안식처로 귀가했다. 난생 처음으로 데이트한 여인을 집까지 바래다주었다. 이후 우리는 일주일이 멀다 하고 자주 만나 저녁 식사를 같이했다. 주로 강남에 있는 식당에서 만났다. 한 달도 지나지 않아 나는 김귀현에게 청혼했다. 김귀현도 나의 요청을 흔쾌히 받아들였다.

김귀현 교수는 학생들을 인솔하고 여름방학 동안 유럽을 여행하기로 예정이 되어 있었다. 나도 여름에 독일로 가서 1982년에 다 사용하지 못한 펠로우십을 사용하기로 했다. 그래서 우리는 유럽에서 다시 만날 수 있었다. 알프스의 산정에도 같이 올라갔다. 나는 유럽에서 돌아오는 길에 미시간대학에 계신 김재권 교수를 만나 김귀현 교수가 다닌 음악대학도 함께 구경했다. 학생들을 인솔하여 유럽에서 미국으로 김귀현 교수가 왔는데, 뉴욕에서 또 김귀현 교수를 만날 수 있었다. 얼마후 우리는 따로 귀국하였다.

1985년 9월 13일 남대문교회에서 배명준 목사님 주례로 결혼식을 올렸다. 김태길 교수께서 특별히 축사를 해주어 결혼식장을 웃음바다로 만들었다.

우리들의 결혼은 장안의 화젯거리가 되어 서울 주요 일간지 기자들과 잡지사 기자들의 보도 경쟁 거리가 되었다. 조선일보와 동아일보의 유명한 논설위원들도 결혼식에 참석했다. 내가 그 당시 그 신문들의 칼럼니스트로 일한 적이 있기 때문이다.

나는 그 당시 신혼 생활을 시작할 집을 구할 재정적 여유가 없었다. 그래서 서울대학의 신세를 져야 했다. 교수아파트 한 칸을 얻어 신혼살림을 차렸다. 그리고 3년 반 정도 교수아파트에서 살았다. 신혼 후 2년째가 되던 1987년 7월 1일에 아들 현일이가 태어났다. 서울대병원에서 제왕절개 수술로 태어났다.

1988년 서울에서 올림픽대회가 열리게 되어 있었다. 그래서 올림픽 참가 선수와 가족들이 잠시 거주할 아파트를 지어 일반인에게 분양했다. 나도 43평짜리 분양신청을 했는데, 당첨되었다. 그래서 올림픽이 끝

1985년 9월 13일, 40대 말에 결혼식을 올리다.

난 후, 1988년 겨울에 올림픽훼미리아파트에 입주했다. 5,000여만 원에 당첨되었다.

그런데 우리가 입주하던 때는 집값이 1억 원이나 더 올라 집값이 1억 5,000만 원이나 되었다. 아파트 분양 계약금 5,000만 원은 하늘에서 떨어진 것이 아니라, 내가 1970년대에 한국 건설회사들이 중동에서 일하던 때 동아건설과 삼환건설 등 건설 주식을 300만 원어치 샀는데, 그것이 불어나 5,000만 원이 된 것이다.

14

괘종시계를
결혼 선물로 받다

1960년도에 서울대학교 문리과대학에 입학한 사람 가운데 문리과대학 교수가 된 사람 10여 명이 나의 결혼 축하 선물로 괘종시계를 주었다. 그래서 우리 집 벽에 걸어 놓았다. 우리 집에서 눈에 가장 잘 띄는 물건이다. 이들은 불문학과 김현(김광남), 영문학과 홍기창, 사학과 허승일, 정치학과 황수익, 물리학과 우종천, 생물학과 홍영남, 화학과 김경태, 중문학과 홍인표, 종교학과 윤이흠, 사회학과 김형국 등이다.

1960년도 입학생 가운데 유명한 소설가를 한 사람 든다면, 그는 단연코 이청준이라 할 것이다. 그는 1학년 때 문리대 교정 의자에 나와 함께 나란히 앉아서 그 당시 서양 여자처럼 화장한 여학생이 우리 앞을 지나가면 온갖 화려한 언어로 묘사해서 나를 웃기곤 했다. 그는 고향에 못 간다고도 했다. 고향에 내려가면 어른들이 언제 '영감'(고등고시에 합격하면 옛날에는 '영감'이라 불렀다고 한다. 이청준도 지방에서는 제일 좋은 고등학교를 나와 대한민국에서 제일가는 서울대학교에 입학했으니, 시골 사람들은 이청준을 출세할 수 있는 장래가 유망한 인물로 보았을 것이다. 그러나 그는 출세 가도로 들어서지 않았기 때문에 시골 사람들의 기대에 어긋나는 인간이 되었을 뿐이다)으로 등극하느냐고 귀가 따갑도록 질문 공세를 퍼붓는다고 했다. 그러나 그의 고향 장흥에는 그가 어릴 적에 살던 집을 복원한, 마을을 빛낸 보물 '이청준의 집'이 있으며, 이를 군청에서 관리한다고 한다. 그는 불현듯 어느 날 저세상으로 떠나고 말았다. 자기 작품을 영화로 찍는다고 유명한 감독과 함께 동분서주하더니, 먼저 가버리고 말았다.

그리고 내가 좋아하는 우리 시대의 시인은 단연코 김광규다. 무엇보다 그는 내가 알아들을 수 있도록 시를 쓴다. 시인 혼자만 알아들을 수 있는 언어로 시를 쓰는 시인들이 너무 많다. 나에게는 있으나 마나 한 시인들이다.

이청준과 김광규는 둘 다 1960년에 문리대에 입학한 독어독문학과 출신들이다. 이청준은 호남의 수재요, 김광규는 경기도 지역의 수재다. 그리고 1960년에 불문학과에 입학한 김현은 우리 시대의 뛰어난 평론가다. 그리고 독문학과의 염무웅도 누구에게도 뒤지지 않는 우리 시대의 평론가다.

1960년도 입학생 가운데 정계에서 두각을 나타낸 인물로 김경재를 빼놓을 수 없다. 그는 좌파 정치인 김대중 씨와 함께 일했으나, 그의 정치 노선은 늘 중도를 지켰다. 그리고 한때 좌파에 기울어진 적이 있는 박범진 씨는 중년 이후부터는 균형 있는 우리 시대의 정치가가 되었다.

1960년 서울대 입학생 가운데 손꼽을 만한 재판관은 김영일 판사다. 그는 두 명의 전직 대통령 전두환과 노태우를 감옥에 보냈으며, 한 명의 전직 대통령을 헌법위반으로 심판한 사람이다. 전직 대통령 셋을 심판한 율사는 세계 어느 나라에도 전례를 찾기 매우 힘든 역사적 인물이 아닐 수 없다. 김영일 판사는 1960년 서울대 법대에 입학할 때 나와 함께 입학금을 받은 장학재단의 동기생이기도 했다.

그리고 우리 시대의 최고의 변호사로는 누가 뭐래도 '김앤장Kim & Chang' 법인의 창립자인 김영무를 손꼽지 않을 수 없다. 우리 시대의 최고의 국제변호사이기 때문이다. 그에 대해서는 비난과 칭찬이 함께 어우러져 있는 것도 사실이다.

15

제주 고산리에서
첫 학교 교육을 받다

1947년에 신의주 고향 마을을 탈출하여 서울 마포구에 정착하였으나, 국민학교에 다닐 형편이 못 되었다. 낮에는 온 식구가 낡은 천으로 걸레를 만들고, 가끔 당인리 화력발전소에 가서 코크스를 주어다가 밥을 지어 먹는 연료로 사용했다.

그러다가 드디어 우리 온 식구는 큰형님을 따라 1949년 제주 섬에 가는 배를 목포에서 올라탔다. 조그

마한 배를 탔는데, 파도에 휩쓸려 흔들려대는 바람에 승객들은 거의 정신이 나간 상태에서 혼비백산이 되어버렸다. 배를 타기 전 목포에서 김밥을 먹었는데, 먹은 김밥을 다 토해내 버렸다. 목포에서 20시간에 가까운 시간을 흔들리는 배 속에서 보내고 제주시에 도착했을 때는 제정신이 아니었다. 나는 그로부터 수십 년이 지나도록 김밥은 구역질이 나서 먹을 수가 없었다.

제주시에 있는 여관에서 하루 묵었는데, 변소에 들어가니 꿀꿀거리는 돼지 소리가 들렸다. 변소 밑에서 인분을 먹는 돼지가 소리를 내고 있었다. 난생처음 보는 풍경이었다. 내가 제주에서 정착한 곳은 고산리라는 시골 마을이었다. 이곳에서 나는 일생 처음으로 학교 교육을 받기 시작했다. 나이가 너무 들어 1학년은 건너뛰고, 처음부터 2학년으로 입학했다. 고산국민학교 2학년, 그때 2학년 학생들 대부분이 1942년생이었다. 나도 그때부터 1942년생으로 기록되었다. 내 나이에 비해 3년이나 늦게 국민학교에 입학한 것이다. 본래 나는

1939년에 태어났다. 내가 3학년이 되었을 때는 6·25전쟁이 났다. 내가 2학년에 처음 입학할 때는 교과서의 한글을 제대로 읽을 수 없었으나, 한 달이 지나서 한글을 모두 깨우쳤다. 그리고 첫 학기에 반 전체에서 2등을 했으나, 둘째 학기에는 1등을 하여 2학년 전체 성적이 반 전체 수석이 되었다. 그리고 3학년으로부터 6학년 졸업할 때까지 학업성적 1등을 차지했다.

내가 5학년인가 되었을 때, 나를 제외한 우리 집 식구 모두는 제주를 떠나 서울로 올라갔다. 나 혼자서 우리 온 식구의 피난민배급을 받아서 제주에 남아서 살았다. 온 식구의 배급을 받으니 그 배급받은 것을 모두 주면 하숙을 할 수 있었다. 이때부터 나의 삶은 그런대로 풍족한 삶이었다고나 할까? 고산국민학교를 졸업하고 내가 진학한 곳은 그 당시 갓 설립된 고산중학교였다. 그때 만약 고산중학교를 졸업할 때까지 다녔으면 고산중학교 제1회 졸업생이 되었을 것이다.

내가 고산국민학교 2학년에 입학하기까지 학교 교

육을 받지 못한 것은 우리 아버님이 북한에서 학교에 보내는 것을 거부하였기 때문이다. 내가 학교 교육을 받을 나이가 되었을 때, 북한에 소련군이 진주하여 북한 사회를 공산 사회로 만들어가고 있었다. 우리 아버님께서는 이왕 학교에 다니는 집안 애들은 그대로 공산 치하에서 교육을 받도록 놔두었으나, 나와 같이 처음 학교 교육을 받기 시작하는 아이는 남한에 가서 제대로 교육을 받으라고 하며, 북한에서 학교에 보내는 것을 거부하였다. 그런데 정작 남한 땅에 넘어와서는 곧바로 학교에 갈 형편이 못 되어서 결국 3년 늦게 학교에 입학하게 되었다.

내가 고산국민학교를 다닐 적에 금요일 날은 반공의 날로 정해져 국민학교 전교생들에게 군인들처럼 열병 분열 훈련을 하도록 했다. 나는 고산국민학교 6학년 반장으로 열병 분열 군사훈련을 총지휘했다. 그리고 그 당시 직속 상관 관등성명을 외치도록 해서 "대통령 이승만", "문교부장관 백낙준", "제주도지사 길성운"이라고 큰소리로 외치곤 했다.

내가 고산중학교를 1등으로 합격했기 때문에 장학
생이 되어 학교는 공짜로 다녔다. 그리고 우리 집 온 식
구에게 나오는 피난민배급으로 하숙집에 살 수 있었기
때문에 내가 고산에서 사는 데 아무런 돈이 필요 없었
다. 내가 고산중학교 1학년 때 대한민국 전국에서 학술
경시대회가 있었는데, 고산중학교에서는 나 혼자만 학
술경시대회에 출전했다. 그 당시 제주읍에서 경시대회
가 열려 거기서 시험을 치렀는데, 시험문제를 받아보니
태반이 모르는 문제였다. 제주도 전체에서 수석을 하면
상을 주는 것이었는데, 나는 어림도 없었다. 그때 수석
한 학생은 제주에서 제일 좋은 학교인 오현중학교 학생
이었는데, 나중에 내가 1960년 서울대에 입학해보니 그
는 서울 법대생이 되어 있었고, 나중에 제주도 국회의
원이 되었다.

나는 그 학술경시대회 시험을 본 후, 고산중학교 같

은 곳을 다녀서는 아무짝에도 쓸모없겠다 싶어 제주도를 떠나 어머님이 계신 서울로 가기로 결심했다. 그리고 서울에 계신 어머님께 내가 서울로 간다는 편지를 띄우고는 혼자 제주를 떠나 배를 타고 목포로 가서 기차를 타고 어머님이 계신 서울 노량진동으로 올라갔다.

그 당시 나의 형님 가운데 한 분이 미군 부대 식당에서 일했는데, 주말이 되어 집에 나왔다가 나를 만났다. 형님은 대노했다.

"야 이놈아, 제주 고산에 있으면 밥도 걱정 없이 먹을 수 있으며, 학교도 다닐 수 있지 않느냐! 그런데 이 서울에서는 밥 먹는 일, 학교 다니는 일 둘 다 어렵도 않다! 야, 이 정신없는 놈아!" 하며 내 뺨을 후려갈기는 것이 아닌가!

나는 아무 말도 못 했다. 정신이 번쩍 들었다. 그러고 나서 버스 차장을 할까, 또 뭘 할까 하고 궁리해보았다. 그러던 차에 우리 어머님께서 다니시던 노량진교회 여전도사께서 나에게 직장을 하나 구해주셨다. 노량진 사육신묘 근처에 있는 목욕탕에서 일하는 목욕탕 보이 일자리였다. 내가 맡은 일은 손님들 옷을 넣는 옷장을 열어주는 것과 목욕탕에 이끼처럼 둥둥 떠 있는 때를 잠자리채 같은 것으로 건져내고, 목욕탕에 새 물을 채워 넣는 일, 그리고 주인이 외출하면 현관에서 목욕탕에 입장하는 손님들에게서 요금을 수납하는 일과 같은 것, 그리고 늦은 밤에 목욕 시간이 끝나면 목욕탕 청소를 하는 일이 전부였다.

나는 당시 수요일 저녁, 그리고 일요일 낮과 저녁이면 빠지지 않고 교회 예배에 참석하곤 했다. 그런데 목욕탕에서 일하는 동안 수요일이 지나고 일요일이 지나도 교회 예배에 참석할 시간을 주지 않았다. 나는 그 당시 어머님을 따라 교회 예배에 참석하는 것이 내 삶의 일부가 되어 있었는데, 그것이 불가능하게 된 이상한 상황 속에 빠져 있음을 알게 되었다.

그래서 나는 주인에게 나의 사정을 토로한 후 목욕탕집을 나와 어머니가 계신 집으로 돌아오고 말았다. 어머니께서 나의 상황에 대한 이야기를 듣고는 할 수 없다고 하시며 전혀 꾸지람하지 않으셨다. 그리고는 교회 여전도사님께 나의 사정을 아뢰었다.

그러고 나서 얼마 후에 여전도사님께서 구해주신 일은 노량진 전차 종점에서 전차표를 파는 일이었다. 새벽에 일찍 나가 통 속에 들어앉아 전차가 끊어지는 심야가 될 때까지 통 속에서 전차표를 파는 일을 하는 것이었다. 소변을 누러 갈 수도 없어 깡통에다 소변을 누고 나중에 내다 버려야 했다. 점심때가 되면 어머님이 먹을 것을 가져와 통 속에서 식사해야 했다. 혼자서 온종일 전차표 파는 것은 쉬운 일이 아니었다. 두 사람이 교대로 표를 팔아야 하는 일이었다. 이 괴로운 감옥살이 같은 일도 몇 달 안 되어 끝나고 말았다.

그다음에 여전도사님께서 알선해준 일은 천막 학교

교무실에서 낮에는 심부름하고 밤에는 혼자서 숙직하는 일을 전담하는 소위 '소사 노릇'이었다.

16

나는 어떻게 철학을
공부하게 되었는가

내가 제주도에서 국민학교에 다닐 때, 교과서에 미국 대통령 링컨에 관한 이야기가 쓰여 있었다. 그 링컨 이야기를 읽고 나는 크게 감동을 받았다. 그래서 나는 어른이 되면 링컨과 같은 사람이 되겠다고 마음속으로 다짐했다. 그리고서 내가 대학에 갈 때가 되면, 법학을 공부해야겠다고 결심했다.

그런데 나이가 들어 대학에 지원할 때가 가까워졌을 때, 나는 《사상계》라는 잡지를 읽게 되었다. 그때 대학에 들어가서 법학 공부를 한다고 하는 것이 고작 법조문을 따로 외우는 것이라는 점을 깨닫게 되었다. 너무나 하찮은 일로 여겨졌다. 그런데 그 법조문을 만드는 일은 정치하는 사람의 몫이라는 걸 알고 나서는, 나는 법학 공부보다는 정치학을 공부해야겠다는 생각이 들었다. 그리고 나는 《사상계》라는 책을 읽으면서, 옛날 옛적에 정치에 관해 논의한 사람들은 철학자들이라는 것을 깨닫게 되었다. 동양의 경우는 공자와 맹자와 같은 사람들이요, 서양의 경우에는 플라톤과 아리스토텔레스와 같은 철학자들이 이상적 사회와 정치에 관해 논의했던 것이 아닌가? 이렇게 따지고 보니, 철학 공부야말로 내가 알고 싶었던 올바른 정치와 올바른 법이 무엇인가를 알 수 있게 되는 아주 근본적인 공부라는 생각에 도달하게 되었다. 그래서 나는 최종적으로 내가 탐구해야 할 학문이 철학이라는 결론에 도달했다.

서울대학교 입학지원서 제1지망 학과가 철학임은 말할 것도 없었고, 제2지망 학과, 제3지망 학과 모두 철학이라고 적어 넣었다. 이렇게 어릴 때 법학을 공부하겠다던 나의 꿈은 철학으로 현실화하고 만 것이다.

그런데 막상 그 당시 서울대 철학과에 입학해보니, 그 당시 교수님과 학생들의 관심사는 사회구조나 국가의 이상이 아니었다. 인간의 실존적 상황이 철학의 중심과제가 되고 있었다. 그래서 나도 키르케고르와 니체의 책에 몰두했다. 그러다가 3~4학년에 올라가서는 칸트와 헤겔과 같은 독일 관념론 철학이 철학의 본령처럼 여겨지고 있었다. 그러니까 나의 애당초 관심거리였던 이상적 사회와 국가의 문제는 철학에서 배제된 것처럼 보였다. 그리하여 나는 철학과에 잘못 들어왔다는 생각마저 하게 되었다.

그러다가 4학년이 되어 나는 비트겐슈타인의 『논리철학논고Tractatus Logico-Philosophicus』를 접하게 되었다. 여기서 나는 철학이라는 난해한 논리의 질곡에서 벗어나려는 비트겐슈타인의 고된 사색의 오솔길에서 많은 감동을 받고 철학과를 졸업했다. 그래서 나는 철학으로

부터 경제학이라는 현실의 문제에 깊은 관심을 가지고 경제학과에 학사편입 가능성을 타진해보았다. 가능하다는 대답을 서울대 당국자로부터 들었다.

17
공군사관학교 철학 교관으로
교장 졸업식사를 쓰다

1964년 봄, 나는 대학을 졸업한 후 공군 학사장교로 입대하였다. 대전 기교단에서 기본군사훈련 4개월을 끝낸 후 소위로 임관하여, 나의 공군 50기 동기들 대부분과 함께 대전에서 특기 교육을 2개월 받았다. 교육이 끝난 후 다행스럽게도 나는 공군사관학교 철학 교관으로 보직 임명을 받았다. 공군사관학교는 4년의 정규대학 교육과정으로서 교양과목으로 철학이 1학년 학생들에게 부과되었다. 그 당시 1학년은 네 반으로 나뉘어 있어서 8시간 철학 강의를 하면, 나의 임무는 그만이었다.

내가 공사에 임명되어 둘째 학기가 되던 어느 날, 교수부장께서 인문사회 계통 교관 5~6명을 집합시켜서 공사 졸업식 때 사용할 교장 식사를 한번 써보라고 명령하였다. 나도 그 명령을 받은 5~6명의 교관 가운데 한 명이었다. 우리는 모두 식사를 써서 교수부장에게 제출했다. 얼마 동안의 교수부장 심사과정이 끝난 후, 한 사람만 남겨놓고 나머지는 자기 연구실로 가도 좋다고 했다. 내가 바로 남겨진 한 사람이 되었다.

그 이후 나는 매해 졸업식이 거행되기 6개월 전쯤에 교수부장에게 불려가서 교장 식사를 쓰는 일을 수행해야 했다. 나는 교장 식사를 쓰는 일을 해야 했기 때문에 모든 교관 장교들이 수행하는 일직사관 일은 면제되었다.

그 당시 사관학교 졸업식에는 박정희 대통령이 참석

하곤 했다. 또 그 당시 공사 교장 직책을 받은 장군은 공군참모차장으로 진급하고, 그다음엔 참모총장이 되는 것이 관례처럼 되어 있었다. 따라서 대통령이 참석한 졸업식에서 수행되는 교장 식사는 매우 중요한 사건으로 취급될 수밖에 없던 터여서, 졸업식 6개월 전부터 교장께서 연설문 연습을 하곤 했던 것이다. 거기에 나는 보조역을 담당했던 것이다.

내가 공사에서 4년 동안의 임무를 다 끝맺어가던 1968년 봄에 이른바 '북한 김신조 일당'의 청와대 습격 사건이 터졌다. 그래서 육해공군 모든 장병의 제대가 중지되는 시국 비상사태가 벌어졌다. 나는 그해 7월에 만기제대가 예정되어 있었다. 그리고 다행스럽게도 미국 브라운대학Brown university으로부터 펠로우십Fellowship을 받고 그해 가을 학기에 미국으로 떠나게 예정되어 있었다. '전군 제대 중지'라는 정부의 조치는 나에게는 그야말로 날벼락이 아닐 수 없었다.

나는 제대 후 나의 미국 유학 일정에 관해 교수부장에게 보고했다. 며칠 숙고 끝에 교수부장은 공군참모총장에게 나의 사정을 알렸다. 나는 그 당시 참모총장의 취임사도 교수부장의 요청에 따라 써드린 적이 있다. 그런 관계로 참모총장은 나에 관해 어느 정도 알고 있는 처지였는데, 펠로우십을 받아 미국으로 유학을 가야 할 사정이라는 소식을 들었던 것이다. 참모총장은 나의 본래 제대 일정에 따라 제대시키라고 명령을 하셨다. 그래서 나는 예정대로 가을에 브라운대학교에 갈 수 있었다.

18
친구를 만나러 뉴욕에서
댈러스까지 3일간 버스여행

1969년, 그러니까 내가 미국에 유학 간 지 1년이 되었을 때, 댈러스에서 신학을 공부하던 나의 철학과 동기생 두 명이 있었다. 그들은 둘 다 서울에서 짝을 맞추어서 유학을 떠났다. 그래서 부부가 함께 같은 학교에서 기독교교육과 종교음악 석사과정을 밟고 있었다. 전헌과 김광진이 바로 내가 서른여섯 시간을 버스 속에서 자며 만나러 간 친구들이다

철학과에는 스물다섯 명의 학생이 함께 입학했는

데, 우리 세 명이 개신교 신자라는 공통점이 있어서 친하게 지냈다. 전헌은 ROTC 장교로 2년의 군 복무를 끝낸 후 1966년에 댈러스에 있는 신학교로 유학을 먼저 떠났다. 김광진은 사병으로 군 복무를 마치고 전헌보다 1년 뒤에 전헌과 같은 학교로 유학을 떠났다. 그들이 유학을 떠날 때 나는 공군 장교로 복무하면서 공군 사관학교 철학 교관으로 근무하고 있었다. 나는 제대한 뒤 전헌이 미국으로 떠난 2년 후인 1968년에야 브라운 대학교에 Ph. D를 하러 떠났다. 내가 그들을 만나러 댈러스로 간 것은 전헌이 유학 간 지 3년째 되는 해였다.

내가 그레이하운드Greyhound 버스를 타고 간 것은 돈이 없어서만은 아니다. 미국에서 장거리 버스여행이 어떤 것인가를 맛보기 위해서였다. 뉴욕에서 댈러스까지 간 손님은 나 하나뿐이었던 것 같다. 운전기사도 세 번이나 중도에서 바뀌었다. 나 혼자만 뉴욕에서 댈러스까지 직행한 것이다.

댈러스에 도착해 버스에서 내리니 마치 무슨 뜨거운 찜통에 들어간 것 같았다. 그것이 바로 댈러스의 여름 날씨다. 전헌에게 전화하니, 기숙사에서 차를 몰고 버스 터미널까지 마중을 나왔다. 그의 차를 타고 그들이 사는 학교 기숙사로 갔다. 3년 만의 재회였다. 나는 전헌의 기숙사와 김광진의 기숙사에서 각각 일주일씩 번갈아 가며 묵기로 했다. 내가 사용할 침대는 따로 없었으나, 친구 집에서 자는 것만으로도 너무 좋았다.

그렇게 번갈아 가며 한 달을 댈러스에서 보냈다. 두 내외는 여름방학이라고 그냥 노는 것이 아니라, 돈을 벌기 위해 일하러 다녔다. 나는 일할 준비가 안 되어서 혼자 집에서 머물다가 가끔 남의 집 잔디를 깎으러 갈 때 같이 다니기도 했다. 무척 뜨거운 날씨 때문에 대낮에 잔디 깎는 일은 결코 쉬운 일이 아니었다. 친구가 그립다고 무턱대고 온 내가 너무 순진하다는 생각마저 들었다. 그들이 여름방학에도 일하러 다녀야 한다는 것을 나는 미처 생각하지 못했다. 나는 브라운에서 여름방학에도 펠로우십으로 받은 돈으로 일하지 않아도 살수 있었다. 그런데 나는 무턱대고 버스를 타고 달려왔다. 제 사정만 생각했던 것이다.

전헌은 댈러스에서 학업을 끝내고 프린스턴신학교에서 석사를 끝낸 뒤 시카고로 가서 건축업을 시작했다. 김광진은 댈러스에서 학업을 끝내고 캘리포니아로 가서 대학원에서 신학을 더 공부한 후 교회 목사로 시무했다. 그리고 나는 브라운대학교에서 철학 박사학위를 끝낸 후 귀국했다.

서울대학교 철학과에 25명이 입학하여 나중에 한국 대학에서 철학 교수가 된 사람은 서강대학교 교수 한 명, 한신대학교 교수 한 명, 경북대학교 교수 한 명, 그리고 나 모두 네 명이다. 그리고 교회 목사를 비롯해 언론인 등 사회 각 분야에서 종사했다. 그래서 요즘 서울에서 몇 달에 한 번씩 만나는 철학과 동기생들은 5~6명 정도가 된다. 그사이에 세상을 떠난 친구들도 5~6명 정도 되는 것 같다. 전헌과 김광진은 아직도 미국에서 후손을 낳고 살고 있다. 김광진은 손자가 열한 명인 할아버지가 되었다. 전헌의 누님의 둘째 아들인 전헌의 조카 김용은 세계은행 총재로 오바마 행정부 때 세계적 명성을 날리기도 했다.

19
대통령 후보의
출마 연설문을 쓰다

1980년에 나는 전두환 군부에 의해 서울대학교로 부터 강제 퇴직을 당하여 4년 1개월 동안 이른바 해직 교수가 되었다. 그때 나는 재야정치가들과 함께 민주화운동을 함께했던 적이 있다. 이때 나는 김영삼이라 는 재야정치가와 만날 기회가 여러 번 있었다. 그것이 인연이 되어 서울대학에 복직한 이후에도 가끔 김영삼 씨와 연락이 닿곤 했다.

1992년 어느 날, 김영삼 씨를 만났는데, 자신이 며칠 후 국회에서 대통령 후보로서 출마의 의지를 세상에 알리는 연설을 하게 되어 있는데, 그 연설의 초안을 써달라고 요청했다. 나는 주저 없이 연설문을 작성하여 그에게 전달했다. 그 연설문의 제목은 "변화와 개혁으로 신한국을 창조하자"로 정했다. 김영삼 씨는 그 연설문 내용에 대단히 만족해했다.

그 후 당시의 대통령 후보였던 김영삼, 김대중, 정주영 세 사람은 국회에서 각각 출마의 연설을 했다. 당시 조선일보는 사설에서 세 사람의 연설 가운데 김영삼 씨의 연설에 대해 가장 높은 평가를 했다. 나는 그 이후에도 김영삼 씨를 만나 그가 그리는 미래 한국의 모습에 관해 의견을 나누었을 뿐 아니라, 그의 미래 구상을 담은 『2000 신한국』이라는 문서를 대필해서 책으로 출판했다.

그 책 속에 담겨 있는 구상은 김영삼 씨와 내가 마주 앉아 토론하여 의견의 일치를 본 것으로, 이를 책으로 엮었다. 김영삼 씨는 나의 철학과 선배다. 철학과 선후배가 그려놓은 한국의 미래상이 바로 『2000 신한국』이라 할 수 있다.

『2000 신한국』의 목차는 다음과 같다.

책 머리에: 지금 이 땅에 새 바람이 불어야 한다!

때―변화의 때
때를 아는 것이 지혜의 근본이다.
지금은 새 세상이 개벽하는 때다.
서양사상의 기본 틀이 바뀌고 있다.
태평양 시대는 저절로 오는가
'지식사회'가 다가오고 있다
우리에게 희망의 출구가 있는가

꿈―신한국의 창조
창조적 진화 : 신한국은 새로 태어나는 한 마리의 호

랑나비다

더불어 사는 한민족 공동체

동방의 등불, 새 문명의 주역

길─위대한 질적 도약

위대한 시작 : 신정치, 신경제, 신문화

대탕평책이 필요하다

깨끗한 정치, 열린 정치는 우리 시대의 지상명령이다

새 술은 새 자루에! 작은 정부, 봉사하는 정부

교육혁명은 발등에 떨어진 불 : 일등 국민이 일등 국

가 만든다

기로에 선 한국 경제 : 용이냐, 지렁이냐

과학기술의 총체적 혁신 : 제 기술 없이 제 나라 없다

공정한 경제, 효율적 경제 : 선진경제에의 길

경제정의 실현되어야 선진경제 이룩할 수 있다

중소기업을 살려야 나라가 산다

농업혁명을 첨단과학기술로 이루어 내야 한다

'서울공화국' 시대 끝내야 더불어 잘사는 나라가 된다

쾌적한 삶, 품위 있는 삶

세계 속에 우뚝 선 통일 한국

신한국 정예 기획단 : 새 인물, 새 생각을 총집결하여

신한국을 설계해야 한다

끝맺으면서

자아의 혁명으로 신한국을 창조하자!

20
김재권과 한국철학계의
소통의 길을 열다

내가 김재권 교수를 처음 만난 것은 그가 브라운대학을 떠나 미시간대학에 재직하면서 브라운대학에 특강을 하러 방문하였을 때다. 그다음으로 내가 김 교수를 만난 것은 유럽 학회에서였는데, 그때 서울대에서 1년 정도 강의하실 생각이 없느냐고 구체적으로 제안하였다. 이것이 그 후 그가 서울대에 초빙교수로 와서 강의하는 것으로 실현되었다.

그의 서울대에서의 강연으로 한국철학계에 현대철

학, 특히 심리철학의 새로운 바람을 불러일으키는 계기가 마련되었다. 나의 추천으로 그는 KBS가 수여하는 학술상과 경암교육재단이 수여하는 경암학술상(2014)을 받기도 했다. 한국분석철학회가 중심이 되어 김재권의 회갑을 기념하는 학술잔치도 거행했다.

박이문 교수는 김재권의 불문과 선배로서, 두 분은 각별히 따뜻한 인간관계를 맺고 있었다. 그리고 미국에 계시면서 한국에 여름마다 들렀던 이광세 교수도 비슷한 시기에 한국철학계에 새바람을 불어넣었다. 그러나 이광세 교수는 뜻하지 않게 일찍 세상을 떠나고 말았다. 나는 박이문 교수의 회갑을 기념하는 학술모임을 비롯하여 그의 학술서적 출판기념회 모임을 분석철학회를 중심으로 여러 차례 가졌다. 박이문 교수는 본래 문학에서 출발한 학자여서, 한국의 문학계와 철학계 사이의 가교를 놓는 따뜻한 지성의 공간을 마련해준 분이다.

1994년 6월 27일, 김재권 교수 회갑 기념 논문집 증정식.

김재권, 이광세, 박이문 세 분은 내가 한국철학계에서 활발하게 활동하던 때에 해외 철학자로서 한국철학계에 신선한 학풍을 불어넣은 귀중한 철학자들이다.

특별히 나는 김재권 교수의 초청으로 미국에 자주 드나드는 계기가 마련되기도 했었다. 김재권 교수는 한국에서 태어난 미국의 철학자로서, 세계적 명성을 지닌 철학자였다. 그는 2019년에 향년 85세의 나이로 브라운대학이 소재하고 있는 프로비덴스Providence에서 부인과 아들 하나를 남겨둔 채 세상을 떠났다.

21
한국철학회의 조직변혁과
분석철학운동

김태길 교수가 한국철학회의 회장으로 일하시던 시기(1975~1977년)에, 나는 재래 존재하던 한국철학회의 정관을 전면 폐기하고 새로운 정관을 만들어 한국철학계의 조직과 운영을 전면 개혁할 것을 제안하였다. 그 당시 나는 구 정관에 의한 간사역을 맡고 있었다.

김 교수가 회장으로서 나의 제안을 받아들임으로써, 제안자인 내가 새로운 개혁작업의 실무책임을 맡아 수행했다. 그때 내가 만든 정관의 내용은 그 후 부분적으로 수정되어 오늘 한국철학회의 정관으로 남아 있다. 나의 수정안의 골자는 상임이사 제도의 도입과 분과 연구학회의 창설로 요약될 수 있다.

그리고 소광희 교수가 회장으로 있을 때, 한민족철학자대회를 개최하여 남한과 북한의 철학자들이 공동으로 철학적 토론을 벌이기로 했다. 그 재정적 지원을 포항제철이 맡기로 하였고, 동아일보가 학술대회를 지원하기로 했다. 그런데 동아일보와 포항제철의 후원 교섭은 내가 책임을 맡아 수행했다. 포항제철은 1억 원의 재정 지원을 하기로 한국철학회와 약정했다. 동아일보는 우리 대회를 위해 언론홍보를 지원하기로 했다.

처음에는 북한에서 참석하기로 했으나, 막바지에 가서 불참 통보를 하는 바람에 남한 혼자서 대회를 개최했다. 그래서 포항제철에서 기부받은 1억 원 가운데서 북한의 불참으로 남은 돈으로 학회 사무실용 오피스텔을 매입하여, 오늘에 이르기까지 한국철학회의 재산으로 남아 있다.

그리고 내가 세계철학대회의 한국조직위원장으로 모금한 돈 가운데 3억 원이 잔액으로 남았는데, 그것은 국제 철학 잡지 창간 비용으로 남겨두었다. 그러나 지금까지 국제 철학 잡지가 발행되지 못함으로써 한국철학회의 기금으로 3억 원이 남아 있다.

한국철학회 회원들의 활동이 예전처럼 왕성하지 못하다는 후문이 나의 귀에도 전해지고 있는 오늘이다. 후배들의 분발을 애타게 기다리고 있을 뿐이다.

한국철학회의 분과 활동의 하나로서, 나는 분석철학회를 조직하였다. 나는 한때 스스로 자칭 분석철학의 전도사로 떠들고 다닌 적도 있다. 아직도 분석철학을 공부하는 후배들은 다른 분야에 못지않은 연구 활동을 전개하고 있다고 하니, 그런대로 안심이다.

22

정보화·세계화 시대에
대응하기 위한
'5·31 교육개혁'

보통 사람들은 교육제도는 백 년의 대계라 하며 불변의 제도라고 여긴다. 그러나 인간 문명의 긴 관점에서 보면, 교육제도는 문화와 문명의 변천에 따라 많은 변화 과정을 거듭해왔다는 것을 알 수 있다. 어쩌면 그 교육제도가 바로 새로운 문명과 궤도를 같이해왔다. 동양에서 사서삼경四書三經이 교육의 중심축을 이루었을 때는 농경 문명이 중심이 되었던 시대다.

그러나 서양의 경우 과학기술 문명 시대에는 농경

문명 시대의 교육제도를 가지고는 시대의 요구를 감당키 어려웠기에, 과학기술 문명에 대응할 수 있는 새로운 교육제도가 탄생하였다.

한반도 위에는 옛 농경 시대에 알맞은 교육제도가 존재했으나, 한반도가 일본의 식민지가 되었을 때는 일본이 서구에서 수입한 과학기술 문명과 함께, 거기에 상응하는 교육제도가 한반도에서 시행되었다. 한반도에 해방 전에 존재했던 교육제도는 바로 일본이 서구의 영향 아래 만들어낸 산업 문명 시대의 교육제도였다.

김영삼 정부 때 대통령 자문기구로 만들어진 교육개혁위원회는 그 당시 온 세계에 새로 밀어닥친 정보화와 세계화라는, 새로운 문명사적 격변에 적절히 대응하기 위한 새로운 교육제도의 창안을 위원회의 핵심과제로 삼았다. '5·31 교육개혁안'의 공식 명칭은 '세계화·정보화 시대를 주도하는 신교육체제 수립을 위한 교육개혁 방안'이다. 이러한 새로운 제도의 창안은 비단 한반도에서만의 관심사가 아니었다.

그 당시 이른바 선진국이라는 나라치고 새 교육제도 창안에 관심을 두지 않는 나라는 없었다. 그 당시 OECD에 속한 나라는 각별히 새 교육개혁안에 관한 정보를 서로 교환하고 있었다.

나는 김영삼 대통령의 자문기구였던 교육개혁위원회의 상임위원이라는 직책을 맡아서 사실상 교육개혁안을 창안하는 핵심 주체로 일을 수행했다. 내 휘하에는 10여 명의 전문위원이 있어서 일을 도왔으며, 개혁안의 최종 선택은 교육개혁위원회 전체 회의에서 결정했다.

1993년부터 1995년까지 2년 동안 심야에 이르기까지 각고의 노력 끝에, 1995년 5월 31일에 교육개혁안이 최종으로 세상에 발표되었다. 그래서 언론에서는 우리의 교육개혁안을 '5·31 교육개혁안'이라고 불렀다.

이때 해방 후에 일본 식민지 때 사용하던 교육법을 전면 폐지하고 교육기본법, 초·중등교육법, 고등교육법이라는 교육 3법을 새로 제정하였다. 그리고 교육예산을 국가 전체 예산의 삼분지 일로 책정하는 첫 관례를

1997년 8월 제37대 교육부장관 취임.

1997년 여름부터 1998년 봄까지 교육부장관 재임.

만들었다. 이와 같은 기본 틀 안에 새로운 교육제도의 세부내용이 만들어졌다.

나는 1997년 8월에 교육부장관에 취임하여, 김영삼 정부가 끝나는 1998년 봄까지 복무하였다. 교육 3법이 시행된 것은 김대중 정부 때부터다.

법학전문대학원Law School, 의학전문대학원Medical School 제도는 '5·31 교육개혁안'에 포함되었으나, 시행된 것은 다음 정권들에서였다. 그리고 다음 정권으로부터 오늘에 이르기까지 여러 정권에서 조금씩 개선이 아니라 개악의 과정을 밟아왔음을 나는 매우 유감으로 생각한다.

장관으로 복무하는 동안 내가 수행한 일은 '5·31 교육개혁안'의 법제화와 제도화 작업이었다. 이것을 위해 교육부 사무실은 매일 밤 자정이 다 되도록 불을 훤히 켜놓고, 직원들은 야간작업에 몰두하였다. '5·31 교육개혁'에서 개혁작업을 시도하였으나, 제대로 처리하지 못한 세 가지 문제는 ① 지방 교육자치 제도의 개혁,

② 사립학교 제도의 개혁, ③ 사범대학 제도의 개혁이다. 이 세 가지 문제는 여태까지 여느 정부에서도 개혁 작업이 이루어지지 못하고 있다.

나는 2년 동안 '5·31 교육개혁안'을 마련한 후, 교육개혁위원회 상임위원을 그만두겠다는 사의를 청와대에 표명했다. 그랬더니 나와 함께 임명된 교육개혁위원회 위원 전부를 해촉하고 말았다. 그래서 나는 그동안 교육개혁안을 마련하느라 하지 못했던 철학 공부를 좀 해야겠다고 작정하고, 하버드대학교 철학과에 계신 퍼트남 교수의 초청으로 하버드대학교에서 1년 동안 연구하러 떠났다. 아내와 열 살짜리 아들을 데리고 보스턴으로 가서, 보스턴 시내에 자리 잡은 39층 '롱펠로 플레이스Longfellow place'의 보스턴 비행장이 보이는 28층에 자리를 잡았다. 그리고 자동차도 신형 현대차를 구입하는 등 1년 동안 살 준비를 잘해놓고 있었다. 아들 현일이도 영어가 부족하지만, 3학년에 입학시켜 따라가도록 했다. 주말에는 플리 마켓flee market에 아들을 데리고 과일을 사러 가곤 했다. 그리고 현일이는 정구를 배우러 다니게 했고, 나는 요리책을 한 권 사서 서양 요리 하는 법도 매일 조금씩 배워가는 중이었다.

보스턴 생활 6개월, 이렇게 삶의 틀이 잡혀가던 때 서울 청와대에서 한 통의 전화가 걸려 왔다. 조홍래 정무수석비서관의 전화였는데, 조금 후에 대통령께서 직접 통화하려고 하니 기다려달라는 것이었다. 조금 후에 김영삼 대통령께서 전화하셨다. 미국으로 간다는 인사도 드리지 못하고 와서 죄송하다고 내가 먼저 말씀드렸다. 그러고 나서 김영삼 대통령께서 나에게 제안하는 말씀은 정무장관을 맡아달라는 제안이었다. 하지만 7개월밖에 남지 않은 정권에서 내가 정무장관으로 무엇을 할 수 있을 것인가. 거절하는 데 30분 정도 걸렸다. 김영삼 대통령께서 나의 간곡한 사양을 받아들이셨다.

하버드에서 철학 공부 잘하고 오라는 부탁을 끝으로 통화가 종료되었다. 그 후 5~6일 정도 지난 후에 박세일 수석이 나에게 전화를 걸어왔다. 한국으로 돌아오는 비행기 표를 준비하라는 것이었다. 나의 응답은 이

교육부장관 시절 김영삼 대통령과 각료들과 함께.

미 김영삼 대통령과 통화해서 결말이 다 났다는 것이었다. 그랬더니 박 수석은 그 자리가 아닌 다른 자리를 고려하고 있으니, 한국으로 돌아올 준비를 하라는 것이었다.

박 수석과 통화한 후 이틀 정도 지난날 새벽 2시경 (미국 시각)에 전화벨 소리에 잠이 깼다. 전화를 받아보니 교육부 총무과 직원이라고 하면서 현재 텔레비전 뉴스에 교육부장관으로 발령이 났다는 소식이 나오고 있다면서 곧 귀국하여 교육부장관으로 취임하라는 것이었다.

그 후 여러 신문사 기자들이 발령받은 소감을 물어 왔으나, 내가 자던 중에 받은 전화여서 경황이 없으니, 정신을 차린 후 기자님들의 질문에 답하겠다고 하여 전화를 모두 끊어버렸다.

여기저기서 계속 전화가 오는 바람에 잠을 이루지 못하고 아침이 오고 말았다. 아침이 되자 워싱턴 한국 대사관 직원이 보스턴에 도착하여 나를 방문하겠다고 연락이 왔다. 결국, 나는 워싱턴 한국대사관에서 온 한국 정부 직원의 안내로 귀국길에 올라서게 되었다.

한국으로 돌아오는 비행기는 파업으로 인해 곧장 한국행 여행이 불가능하게 되어 2~3일이나 걸려서 한국에 도착하게 되었다. 새벽에 인천공항에 도착하여 아침 아홉 시경에 청와대로 가서 김영삼 대통령을 예방했다. 김영삼 대통령의 첫 말씀, "나는 안 오는 줄 알았어! 껄껄." 잠시 후 장관 임명장 수여식이 거행되었다. 나는 임명장을 받아들고 곧장 교육부 청사로 직행했다. 강당에 모인 교육부 직원들 앞에서 간단한 취임식 행사를 치렀다.

내가 교육부장관으로 일한 것은 1997년 8월부터 1998년 2월 김영삼 정부가 종료하는 시기까지였다. 그당시 내가 맡은 일은 내가 '5·31 교육개혁안'에서 제안했던 교육개혁안을 시행할 수 있도록 여러 가지 법률적·제도적 개혁작업을 하는 것이었다. 따라서 나의 개인적인 관점에서 보면 새로운 것을 만들어내는 창조적인 작업이 아니라, 이미 제안된 창조적인 작업의 법률적 조직화 작업에 지나지 않았다. 쉽게 표현하면, 나의

'5·31 교육개혁' 작업의 법적 현실화·구체화라 할 것이다.

법학전문대학원Law School, 의학전문대학원Medical School 제도의 개혁안은 '5·31 교육개혁안'에 이미 포함되었으나, 그 개혁안이 시행된 것은 다음 정권에서였다. 그리고 그다음 정권으로부터 오늘에 이르기까지 여러 정권에서 '5·31 교육개혁안'에서 제시된 개혁안을 시행했다. 그러나 다음 정권들에서 시행된 개혁안들 가운데에는 개선이 아니라, 개악이나 후퇴된 것이 있음에 대해서 나는 매우 깊은 유감으로 생각한다.

교육부장관으로 복무하는 동안 내가 수행한 것은 '5·31 교육개혁안'이 각급 학교에서 제대로 뿌리내리도록 격려하고 감독하는 일이었다. 내가 애당초 미국에서 김영삼 대통령과 전화로 장관직 수락 여부를 놓고 논의할 때 정무장관직을 고사한 것은 정무장관직 수행과 관련하여 시기의 적절성에 대해 매우 회의적이었기 때문이었다. 결과적으로 정무장관 대신 교육부장관을 수락한 꼴이 되었으나, 내가 하고 싶었던 일은 정무장관

직에 속한 일이었다고 사료된다. 왜냐하면, 교육부장관직을 수락함으로써 내가 수행한 일은 '5·31 교육개혁안' 이외의 새로운 작업을 수행한 것은 없기 때문이다. 내가 정무장관직을 고사한 것은 일의 내용이 싫어서가 아니라, 일을 수행할 수 있는 시기와 환경이 아니었기 때문이다. 만약 내가 3년 전에 정무장관직을 제의받았으면 기쁘게 수락했을 것이다. 나는 그 당시 한국 정치의 기본구조와 인적 구성에 대해 혁신이 필요하다고 보았기 때문이다. 그래서 정무장관에게 그 혁신작업이 주어진다면 나는 기꺼이 그 작업에 매진했을 것이다. 그러나 7개월밖에 남지 않은 정권에서 그 일을 수행하는 것은 전혀 가당치 않다고 보았다.

'5·31 교육개혁'에 관한 총체적인 평가작업을 한 책은 안병영과 하연섭 두 분 교수가 저술한 『5·31 교육개혁 그리고 20년』(다산출판사, 2013년)이다. '한국교육의 패러다임 전환'이라는 부제가 붙어있다.

'5·31 교육개혁'에 관한 모든 사항이 논리정연하게 서술되어 있을 뿐만 아니라, 비교적 객관적인 입장에서 그 평가작업도 병행하고 있다. 그 책에 기록된 나의 역할에 관한 한 구절을 인용해보겠다.

1992년 대통령 후보 시절 김영삼의 정치적 구상을 담아 이명현이 쓴 『2000년 신한국』은 그 부제가 '신한국 창조를 위한 개혁청사진'이었다. 이 책을 통해 이명현은 '신한국'이라는 김영삼 후보의 정치적 독트린을 형상화했는데, 여기서 그는 '문명의 대전환'이라는 '변화의 때'가 왔음을 알리며, 정치·경제·사회·문화 모든 영역에 걸쳐 한국의 '창조적 진화' 전략을 조목조목 열거한다. 특히 이명현은 이 책에서 '교육혁명은 발등에 떨어진 불'이라고 외치며, 교육개혁이 지니는 혁명적 성격을 밝힌다. '신한국'과 더불어 역시 '5·31 교육개혁'의 시대적 상징어가 된 '문명사적 도전'도 그의 작품이다. 이명현은 '5·31 교육개혁'의 청사진을 만드는 데 앞장섰을 뿐 아니라, 교육부 37대 장관으로 그 청사진을 정책안으로 다듬고 실행에 옮기는 데도 한몫을 했다.(135쪽)

23

제주대학교 총장 취임식에
축사하러 가다

내가 교육부장관으로 재직할 때의 일이다. 제주대학교 총장 취임식에 축사자로 초청한다는 연락이 왔다고 한다. 차관을 비롯한 교육부 국장과 비서실장은 장관은 개별 대학 행사에 참석하지 않는 것이 관례라고 나에게 건의했다. 그러나 이번 제주대학교의 경우는 아주 특이한 경우여서 예외적으로 장관께서 참석하실 수 있다고 말했다. 제주도에서 발행되는 정기간행물에 이번에 총장으로 취임하는 조문부 총장과 교육부장관 이명현이 한때 스승과 제자의 관계인 적이 있다는 내용이 보도되어 있다는 것이다. 그 긴 사연은 다음과 같다.

내가 제주에서 한 학기 동안 고산중학교에 다닌 적이 있다. 그때 내가 살던 하숙집에 함께 살던 분이 있었는데, 그 당시 고산중학교에서 영어를 가르치던 조문부 선생님이었다. 그분은 제주도의 경기고등학교라고 할 제주 오현고등학교를 졸업한 후 고산중학교 영어 선생을 하고 있었다. 그분은 그 후 서울대학교 법과대학을 졸업하고 제주대학교에서 법학 교수로 근무하시다가 이번에 총장으로 취임하시게 된 것이다.

조문부 선생님은 애당초 애월읍 시골 농부의 외아들로 태어나 국민학교를 다니고 있었는데, 3학년을 마치자 그의 부친이 이만하면 공부는 다 되었다고 하며, 집에 있는 책을 모조리 불태워버렸다고 한다. 그리고 이제부터는 부친과 함께 농사일이나 같이하자고 하며, '소태우리(목동)' 노릇이나 하라고 했다고 한다.

그래서 조문부 선생님은 공부를 더 하고 싶어서 가

제주대학교 제5대 총장 취임식

조문부 제주대학교 총장 취임식에서 축사하다.

출하여 제주읍으로 도망쳐나갔다. 그리고 제주시에서 물지게를 져서 돈을 벌고(제주도는 물이 귀한 지역이다) 공부를 계속했다고 한다. 그렇게 열심히 고학한 끝에, 제주의 경기고라고 할 제주 오현고등학교를 졸업하여 서울대학교 법과대학에 입학하여 졸업하였다. 나는 그분과 함께 하숙하기도 하며, 중학교에서 영어를 한 학기 동안 배운 적이 있다. 그런데 수십 년이 지나 그는 대학 총장이 되었고, 제자였던 나는 교육부장관이 되었다.

나는 비행기를 타고 제주시에 갔다. 그리고 성대한 취임식에서 축사했다. 취임식이 끝난 후 장관 식수까지 했다. 그 자리에는 제주도의 국회의원과 도지사를 비롯한 제주도의 유지들이 모두 참석했다. 제주대학교 총장 취임식이 끝난 후, 제주대학교에서 마련한 자동차로 내가 제주에서 살 때 다니던 고산국민학교까지 안내받아 갔다.

고산국민학교 운동장에 도착해보니 같은 반에서 공부하던 동기생들이 도열해 있지 않은가? 남학생 한

조문부 제주대학교 총장 취임 기념 식수.

줄, 여학생 또 한 줄, 두 줄로 늘어서 있었다. 두 줄에 늘어선 사람들은 늙은 할아버지와 할머니들이었다. 할아버지와 할머니가 자기의 이름을 나에게 알려주는 것이 아닌가! 나는 수십 년 전 나의 동기생의 이름을 되살려보며 그 얼굴을 쳐다보았다. 내가 어렴풋이 기억하는 어린애들의 얼굴이 아니라 그와 비슷한 할머니와 할아버지들의 얼굴이 아닌가!

고산마을 신작로에는 "고산국민학교 졸업생 이명희가 교육부장관이 되었다"라는 플래카드가 하늘에 휘날리고 있었다(이명희는 나의 어릴 적 아명이다). 곧이어 나를 데리고 고산에까지 갔던 사람들은 나를 고산중학교에도 데리고 가서 중학교 교장 선생님과도 대면시켜주었다.

24

세계철학대회를
서울에서 개최하다

세계 지성의 향연이라 할 수 있는 제22차 세계철학대회World Congress of Philosophy가 2008년 서울대학교에서 일주일 동안 개최되었다. 세계의 82개국으로부터 1,274명의 철학자가 모였으며, 한국의 철학자 856명이 참석하여 총 2,130명의 철학자가 함께 철학의 축제를 벌였다.

나는 이 세계적 지성의 향연을 운영하는 대회조직위원회 의장의 책임을 걸머지고 있었다. 애당초 이 세계

철학대회는 유럽의 중심이었던 파리에서 출발했는데, 대회가 시작된 지 108년 만에 처음으로 극동아시아 서울에서 개최된 것이다. 대한민국 서울에서 국제철학회가 개최된 것은 아시아 국가에서 최초라는 데 큰 뜻이 있다 하겠다.

애당초 이 대회를 한국에서 유치하게 된 것은, 서울대 철학과 동료 교수였던 김여수 교수가 그 당시 세계철학대회의 간부로 수고하고 있었는데, 내가 김 교수에게 한국에서 세계철학자대회를 유치해보자고 제안했던 데 기인한다. 그래서 김 교수가 세계철학대회 간부 모임에서 한국에서 대회를 유치할 의사가 있음을 전달함으로써 세계철학대회 유치사업의 시동이 걸렸다. 정작 그 유치작업은 시동이 걸렸던 때로부터 10여 년이 지난 후에야 성취되었다.

세계철학자대회 유치작업의 시동을 건 것은 김여수였으나, 막상 그 대회조직위원회 의장의 책임은 나에게 맡겨졌다.

그 대회를 개최하기 위해서는 당시의 금액으로 20억 원 이상의 경비 조달이 필요했는데, 나에게 그 막대한 경비 조달의 책임이 맡겨졌다. 3~4년의 준비작업 끝에 23억 원의 비용을 마련하여 그 대회를 성공리에 개최했다.

서울에서 세계철학대회를 개최함으로써 얻은 최대 성과라면, 동양사상이 서양철학의 틀 안에서 논의되었다는 점이다. 이전에는 서양철학의 틀 안에서 동양사상은 완전히 배제되어 있었다. 동양사상은 서양 대학에서는 종교학과의 연구 영역에 속한 것이었다. 한국 다음에 세계철학대회가 개최된 곳은 서양철학의 최초의 탄생지라 할 수 있는 그리스의 아테네였다. 그리고 아테네 다음에는 중국의 베이징이었다. 일본은 동양에서 서양의 학문을 최초로 수입한 나라였으나, 아직도 세계철학대회가 열리지 않고 있다.

25

20여 년 동안의 시민운동과
여러 사회봉사 활동

1999년 어느 날 미국 브라운대학교에서 약학으로 학위를 받은 이강현 박사가 나를 찾아와, 자신이 부산에서 창립한 봉사단체 '볼런티어21Volunteer 21'에서 사무총장 자격으로 일하고 있는데, 나보고 이사장 직책을 맡아달라고 간청했다. 나보다 앞서는 유명한 정치인이 이사장으로 수고해주셨는데, 그분이 더 이상 못하시겠다 하니 내가 맡아주었으면 좋겠다고 간청하는 것이었다. 그래서 덥석 일을 맡고 보니, 우리 사회에 매우 필요한 일이긴 한데 제대로 하려면 시간과 능력 면에서 상당한 투자를 해야 하는 일이라는 걸 알게 되었다. 또한, 일하면서 우리가 선진국이라고 말하는 나라들은 한마디로 국민의 반 이상이 자원봉사에 참여하는 이른바 '자원봉사 선진국'이라는 사실을 알게 되었다. 그리고 우리나라도 진정한 선진국이 되려면 자원봉사 선진국이 되어야겠다는 각성이 우리 자원봉사 운동가들에게 생겼다.

그래서 나는 자원봉사 운동을 한국 땅 위에 '시대적 패션'이 되도록 해야겠다고 생각해서 '자원봉사 패션쇼'를 세종문화회관 대강당에서 개최했다. 그 패션쇼의 출연자로는 당시 서울 안의 사회적 명사를 초대했다. 그래서 대학 총장, 성직자, 변호사, 대학교수 등의 직업을 가지신 분들께서 흔쾌히 우리의 운동에 동참하여 패션쇼의 배우로 수고해주셨다.

나는 10년 동안 '볼론티어21' 봉사단체의 이사장으로서 이 땅의 사람들의 도덕적 품성을 높이는 운동에 우리 모임의 젊은 회원들과 호흡을 함께했다.

그리고 나는 김태길 교수와 손봉호 교수가 이끄는 '성숙한 사회 가꾸기 모임'에도 동참하였다. 김태길 교수가 세상을 떠난 후에도 손봉호 교수와 내가 공동대표로 심부름을 했다.

2006년에 '선진화국민회의'라는 시민단체가 결성되었는데, 박세일 교수가 그 중심에 있었다. 박 교수는 김영삼 정부 때 청와대 수석비서관으로, 나는 교육개혁위원회 상임이사와 교육부장관으로 함께 김영삼 대통령을 도운 가까운 동지다. 당시는 우리나라가 좌파 운동권 세력에 의해 좌지우지되던 때였다. 선진화국민회의라는 시민단체는 이 좌파 운동권의 거센 파도에 맞서서 대한민국이 지향해야 할 올바른 방향을 일반 국민에게 제시하고자 하는 시민운동이었다. 우리 모임의 어른으로는 김진현 선생이 수고하셨다. 그리고 서경석 목사와 이석연 변호사도 동참하였던 주요 인사였다. 권태진 씨는 사무총장으로 궂은일을 도맡아 했다. 나는 박세일 씨와 더불어 공동 상임위원장직을 맡았다. 비슷한 시기에 나는 '교육선진화운동'의 대표로 일하기도 했다.

2016년에는 박세일 교수와 함께 '대한민국국민포럼' 이라는 시민운동단체를 창설하여 공동의장이 되었다. 이때는 박근혜 대통령이 탄핵당하고 대한민국이 일대 혼란에 빠져있던 시기였다. 당시 대권 후보로 대중의 인기에 오르던 인물은 유엔 사무총장 임기를 마치고 귀국한 반기문 씨였다. '대한민국국민포럼'이 주체가 되어 반기문 씨를 대권 후보로 옹립하려고 몇 차례 만나 협의했으나, 반기문 씨가 갑자기 중도에 대선에 불참하겠다는 기자회견을 함으로써 모든 시도는 중단되고 말았다. 그 당시 야당의 음모 공작에 녹아떨어진 것이 아닌가 한다. 그래서 결국 이 사태는 문재인 정권의 출현으로 끝맺고 말았다.

그리고 나는 나의 서울대학교 철학과 제자인 정광필 씨가 주도하여 창립한 이우학교를 설립할 때, 모금과 행정 면에서 도움을 주어 대안 교육을 모색하는 젊은 일꾼들을 격려해주었다. 이우학교는 현재 강남 지역에서 매우 특색 있는 교육을 모색하는 교육 공간으로 많은 사람의 관심을 끌고 있는 것 같다.

26
브라운대학교와의 인연

　동아일보에 「천사 같은 남편」이라는 제목이 달린 칼럼이 실린 적이 있다. 브라운대학교에서 물리학으로 박사학위를 받은 물리학자인 나의 친구가 어린애들 여럿을 기르는 연상의 수학 여교수를 연모하여 부인으로 모시고 산다는 이야기가 동아일보에 실린 것이다. 물론 그 여교수가 기르는 애들은 이미 세상을 떠난 전남편의 자식들이다. 물리학 교수인 나의 친구는 부인의 전남편 소생인 아이들을 자신의 친자식처럼 귀여워하여 매일

학교에 데리고 다니며 보살폈다고 한다. 비록 자기 소생의 아이들은 없지만, 매우 단란한 가정을 꾸려가고 있었다. 그리고 자기 집에 드나들던 아들의 친구가 나중에 집안 사위가 되었고, 이제는 그 사위가 서울시 행정을 책임지는 시장의 중책을 맡고 있다.

내가 브라운대학교를 졸업한 후 수십 년이 지난 후에 흑인 여성학자 루스 시몬스Ruth Simmons가 브라운대학교 총장으로 부임했다. 그 흑인 여성 총장이 이화여자대학교에서 수여하는 명예박사학위를 받기 위해 한국에 방문했다. 그때 브라운대학교 총장실에서 내게 연락이 오길, 한국에 머무르는 동안 브라운대학교 출신인 나와 식사를 함께 하고 싶다는 것이었다. 그래서 나는 총장실의 그 제안을 기쁘게 받아들여 총장 일행을 서울의 유명한 한정식집인 '필경재'에 모셨다. 루스 시몬스 총장은 한국 사람과 마찬가지로 숟가락과 젓가락을 사용하여 식사했다. 처음 젓가락으로 한국 음식을 집는 것은 결코 쉬운 일이 아님에도 불구하고 끝내 완수

하고야 마는 고집스러운 인내심을 보여준 총장으로부터 나는 깊은 감명을 받았다.

　루스 시몬스 총장이 특별히 나와 식사를 같이 하며 대면하고자 했던 것은 내가 젊은 시절에 겪었던 어려운 삶의 체험을 동감해보고자 하는 그의 의지 때문이었을 것이라고 나는 믿는다. 그날 저녁 만찬에는 당시 브라운대학교 동창회장인 백명선 선생과 당시 이화여자대학교 국제대학원장이요, 현재는 이화여자대학교 총장인 김은미 교수가 자리를 함께했다. 그리고 나의 아내인 김귀현 교수도 자리를 함께했다.

27

비트겐슈타인이
초등교사 하던
시골 마을 국제회의

비트겐슈타인은 철학이라는 난해한 사색의 험지를 떠나서 단순하고 평화로운 영혼의 쉼터를 찾아 빈에서 남쪽으로 기차를 타고 2시간가량 걸리는 트라텐바흐라는 산골짜기 작은 시골 마을에서 어린애들을 가르치는 초등학교 교사의 삶을 살았다.

그 시골 마을에서 그의 철학을 논하는 국제회의가 매년 여름에 열린다. 그 시골 마을에 사는 동물의 건강을 보살피는 시골 수의사의 후원으로 열리는 국제회의다. 그래서 비트겐슈타인을 흠모하는 지구촌 여기저기 흩어져 있는 철학자들이 모여서 일주일에 걸쳐 비트겐슈타인의 생각을 놓고 이리저리 따져본다.

나도 두 번 그 모임에 참석해서 논문을 발표했다. 그래서 두 번 발표한 내 글이 거기서 발행하는 책에 실렸다. 그런데 그 모임을 기획하는 철학자들의 주류는 비트겐슈타인을 현대 상대주의적 사고의 원천으로 해석했다. 그러나 나는 그러한 주류의 생각과 정반대되는 생각을 두 번의 나의 논문에서 전개했다. 그래서 내 생각은 주류 세력에게 상당한 반발을 사기도 했다. 내 해석은 한마디로 말해서 당대에 주류 해석에 대한 새로운 도전이었기 때문이다.

새로운 해석의 요체는 'Form of Life'라는 비트겐슈타인의 사상을 어떻게 해석하느냐에 달렸다. 그것을 문화적 조건에 따라 상이한 것으로 보는 것이 그를 상대론적 사고의 원천이라고 해석하는 사람들의 핵심 논거이다.

이에 반해, '삶의 형식'이라는 말이 가리키는 조건

에는 문화적 조건을 초월하는 아주 근원적인 그 무엇이 존재한다는 것이 나의 주장이었다. 그것을 나는 'primordial'이라고 표현했다. 이것은 모든 문화적으로 상이한 조건의 밑바닥에 놓여 있는 것이다. 이것이 있기 때문에 인간 사이의 차이들에도 불구하고 서로 연결되고 소통될 수 있는 것이다. 연결·소통의 토대가 바로 여기에 있는 것이다. 이 근원적인 'Form of Life'가 바로 연결·소통을 가능하게 하는 것이라고 나는 생각한다.

내가 비트겐슈타인 국제회의에서 발표한 두 논문은 다음과 같다.

"Two Aspects of Forms of Life"

(1984, Proceedings of 8th International Wittgenstein Symposium)

"On Rule Following"

(1990, Proceedings of 14th International Wittgenstein Symposium)

28

MBC 방송 〈성공시대〉에
출연하다

1997년 MBC 방송국에서 〈성공시대〉라는 프로그램
을 제작하여 방송하기 시작했다. 사회 각 영역에서 성
공한 사람의 이야기를 한 시간짜리 프로그램으로 제작
하여 내보낸 것이다.

우선 정주영 회장을 비롯하여 가난한 환경에서 부
자로 변신한 인물들의 이야기들로 처음 몇 편의 프로그
램이 만들어졌으며, 그다음에 장안에 유명한 영화감독

의 성공 스토리와 나같이 개천에서 용 나는 것과 같은 흥미로운 이야기들이 상영되었다. 나도 MBC 사장의 권유에 못 이겨 그 프로그램에 출연했다. 그러나 나는 그 프로그램의 마지막까지 아직 성공하지 못한 사나이라는 말을 끝까지 고집했다. 왜냐하면, 내가 성공한 철학자가 되려면, 각주가 달리지 않은 나의 고유한 창작물, 철학책이 세상에 나와야 하는데, 아직 나는 그런 철학 창작물을 세상에 내놓지 못했기 때문에 나는 성공한 철학자, 성공한 인물이라 할 수 없다. 이것이 나의 주장이다.

나는 현재까지도 그런 창작물을 세상에 내놓지 못했다. 나의 마지막 소원은 그런 창작을 글로 써놓고서 세상을 하직하는 것이다. 그럼에도 불구하고 나에겐 하나의 위로로 삼는 것이 있다. 천재의 불후의 명작은 창작물이다. 그러나 보통 사람의 불후의 명작은 자식이다. 그런데 나는 48세에 얻은 외아들이 있다.

29
팔순이 되어서도 모여
옛이야기하며 노는 불알친구

해방촌이라는 동네가 남산 기슭에 있다. '해방 목수'라는 말도 있다. 해방 직후에 북한에서 도망 나온 이북 사람들이 갈 곳이 없어 남산 자락에 천막을 치고 살아서 생긴 마을, 그것이 해방촌이다. 남산 남쪽 기슭에 천막을 치고 살다 보니 마을이 되었다. 그리고 '해방 목수'란 해방촌 사람들이 일용근로자로 일터에 나가 막노동을 하느니보다 북한에서 목수 일을 하다가 남한에 왔다고 하면 임금이 막노동자보다는 조금 더 받는다고 해서 생긴 말이다. '해방 목수'란 가짜 목수인 셈이다.

해방촌에 사는 아이들끼리 모여 이북 사투리를 내뱉으며 신나게 논다. 그냥 놀기만 하기보다는 '보람 있는 모임'을 해보기로 했다. 그래서 만든 모임이 '장송회長松會'다. 큰 소나무처럼 쓸모 있는 사람이 되어야겠다는 생각이 어린 것들의 마음속에 있었다고나 할까?

처음에는 서너 명이 모였다가 차츰 수를 더해갔다. 해방촌 근방에 사는 애들끼리 모였지만, 공부는 잘했는지 당시 서울중학교, 경기중학교에 다니는 아이들이 대부분을 차지했다.

처음에는 그냥 모이다가 나중에는 회칙會則도 만들고 회가會歌도 만들었다. 그리고 일주일에 한 번씩 정기적으로 모여 발표회를 했다. 회의가 끝나면, 아이들 가운데 밥술이나 먹는 넉넉한 아이 집에 모여 그 집 어른들이 주시는 맛있는 쌀밥도 대접받았다. 그리고 연말이 되면 특별행사도 하곤 했다. 그러다 보니 고등학교를 졸업하고 대학에 들어갔다. 대학에 들어가서부터는 모임이 느슨해졌다. 대학 공부도 바빴지만, 가정교사 노릇을 하느라 시간이 넉넉지 않아 자주 모이지 못했다. 그리고 군에 입대하고, 결혼해서 살림도 해야 하고, 또 외국 유학도 가고 해서 뿔뿔이 헤어졌다.

요즘은 직장에서 은퇴하여 시간이 많다. 그래서 연락망을 다시 동원하여 모여서 음식도 같이 사 먹고 옛날이야기도 한다. 아이 적부터 늙은이가 될 때까지 모이는 것을 보니 '장송회長松會'다.

우리 모임에 속해 있다가 빠져나간 사람도 있고, 또 저세상으로 먼저 간 사람도 있다. 지금까지 모이는 사람들의 이름을 적어본다. 유상규, 김장환, 전영운, 조상범, 전수남, 이일남, 이명현 등이다.

30
서울대 '철학사상연구소'와
국제회의

조완규 선생이 서울대 총장으로 수고하시던 시기
(1987~1991년)라고 기억된다. 철학과에서 내가 주동이
되어서 '철학사상연구소'를 창설하기로 했다. 그러나 대
학본부가 지원한 것은 아무것도 없었다. 연구소 건물
도 없었을 뿐 아니라, 돈도 없었다. 연구소 이름이 인쇄
된 서류 봉투와 양식지만 가지고 연구소 활동을 시작
했다.

연구소 소장으로는 그 당시 철학과에서 최고령 교

수였던 한전숙 교수를 모셨다. 그리고 하버드대학교의 퍼트남 교수를 초청하는 것을 최초 사업으로 하여, 미국의 저명한 철학 교수 네다섯 분을 초청하였다. 초청에 드는 비용은 KBS와 MBC 두 방송사의 방송에 이들을 출연하게 하고 받은 돈으로 충당했다. 그리고 국제회의 장소로는 낙성대에 건축된 호암교수회관을 이용했다. 그래서 그 당시 새로 생긴 서울대에 속한 연구소 가운데 가장 앞서가는 연구소로 부각되었다.

러시아의 수도 모스크바에 있는 철학연구소와 교환 프로젝트로 상호 학자 교환 프로그램도 시행했다. 모스크바에 있는 철학연구소는 과거 소비에트 공화국 공산 정권 시절에 공산주의 사상을 조작하는 소련 공산당의 핵심 기관이었다. 그러나 '철학사상연구소'와 왕래하던 그 당시에는 소련 공산당이 해체된 시기였기 때문에 옛 모습으로부터 탈피하였고, 서양철학을 새로 배워가는 과정에 있었기 때문에 한국 철학자들이 그들에게 사상적 도움을 줄 수 있는 처지에 있었다. 서양철학에 관해서는 우리나라 철학자들이 당시 러시아 철학자들보다 학문적으로 우월한 위치에 있다고 느낄 수 있는 정도였다. 그뿐만 아니라 물질적으로도 그 당시 한국은 러시아보다 풍족한 상태에 있었다. 그래서 우리가 모스크바에 갈 때는 우산을 수십 개 사서 가방에 넣어 가지고 가서 만나는 러시아 교수들에게 선물로 하나씩 나누어 주기도 했다.

한번은 차인석 교수와 내가 공동으로 '러시아 철학계의 최근 동향'이라는 주제로 서울대에서 연구비를 타서 모스크바에 있는 철학자들에게 러시아 철학계에서 최근 어떤 주제를 가지고 연구하는지 발표하도록 하는 모임을 가졌다. 이때 발표자가 10분 정도 발표하면 100달러를 대가로 지불했다. 그 당시 모스크바의 철학자들의 한 달 수입은 30달러 정도밖에 안 되었으니, 우리가 지불한 100달러는 그들의 3개월 보수에 해당하는 금액인 셈이었다. 이처럼 그 당시에는 학문뿐 아니라 경제적으로도 한국이 러시아보다 수준이 높은 편이었던 것 같다. 결국, 공산주의 사회와 자유주의 사회가 어떻게 다른지가 극명하게 드러난 현실이었다.

'철학사상연구소'가 창립된 지도 30여 년이 되었다. 이 비슷한 시기에 나는 김태길 교수님과 더불어 '철학문화연구소'를 세워 《철학과현실》이라는 계간지를 간행하기 시작했다.

서울대 안에 설치된 '철학사상연구소'는 서울대 철학과 재직 교수들을 중심으로 오늘까지 운영되고 있고, '철학문화연구소'는 내가 서울대를 퇴임하고 나서 서울대 밖에 독립 재단을 만들어 30여 년째 운영하고 있다.

31

자유와 합리성에
녹아내리는
공산주의 독재체제

　'소비에트 사회주의 공화국 연방Union of Soviet Socialist Republics: USSR'이 여러 조각으로 나뉘어 해체되고, 지금은 러시아만 남아 있다. 나는 미하일 고르바초프Mikhail Gorbachev 집권 때 모스크바에 방문했다. '소련'이라는 유령이 그렇게 소리도 없이 녹아내리는 것을 보았다. 내가 직접 가서 체험해보니 가난하고 초췌한 나라였다. 그런 나라가 미국과 대결한다고 70년이나 허풍을 떨었던 것이다.

모스크바대학교 철학대학 학장의 안내로 모스크바 시내를 이 골목 저 골목 구경했다. 점심때가 되어 모스크바대학교 철학대학 학장의 안내로 모스크바의 보통 사람들이 먹는다는 점심을 먹으러 식당으로 들어갔다. 그런데 나는 차마 그 음식을 먹을 수 없었다. 한마디로 그것은 '개밥'이라고나 할까? 그런데 나를 안내한 철학대학 학장은 너무나 맛있게 후딱 먹어치우는 것이 아닌가! 70년 동안 소련 공산당이 이룬 것이 고작 이것이란 말인가?

나는 모스크바에 갈 때마다 우산을 한 짐 싸 들고 가서 만나는 러시아 교수들에게 한 개씩 나누어주곤 했다. 그러면 얼마나 좋아하는지, 가여운 생각까지 들었다. 또한, 과거에 '소련'의 공산 위성국가였던 나라에도 들러서 그들의 구차한 삶의 현실을 들여다보았다.

독일이 통일되었을 때 밤 풍경을 구경했다. 서독 시내는 불빛으로 찬란하다. 그러나 동독 시내는 캄캄한 마을. 너무나 비교되는 두 지역이었다. 동독에 카를 마르크스의 동상이 세워져 있다. 누군가 그 동상 위에 페

인트로 이렇게 썼다, "대단히 죄송합니다." 카를 마르크스가 지금 우리에게 할 말이 무엇일까? 저 말 이외에는 달리 할 말이 뭐가 있을까?

개혁개방 이후 중국 대륙에도 가보았다. 해가 다르게 변화하고 있는 나라다. 그런데 정치는 공산 독재, 경제는 자본주의라는 이상한 결합, 그것이 현재의 중국이다. 과연 그 괴물은 어떤 결말로 미래 역사에 나타날 것인가?

32

공산주의 체제
붕괴 후의 이야기

내가 서울대학교에 봉직하던 시기에 서울대학교 안에 '철학사상연구소'를 만들어 당시에 저명한 미국 철학자 힐러리 퍼트넘Hilary Putnam 교수를 비롯한 미국 철학자들을 초빙하여 국제적인 학술모임을 가졌다. 그때 마침 소련의 공산 체제가 붕괴하여 고르바초프가 크렘린 궁전을 차지하고 있었다. 그때 공산 체제 아래서 사회과학원 산하에 있는 철학연구소에 속한 철학자들과 서울대학의 철학사상연구소가 학문적 교류 활동을 전

개했다. 그 당시 러시아의 철학연구소 소장으로는 스티
오핀이 있었고, 그 연구소에 속한 렉토르스키라는 철
학자는 서울대 철학과의 김여수와 유네스코에서 만나
서로 아는 사이여서 러시아의 철학연구소와 상호 교환
계획을 수립하게 되었다.

그래서 러시아 철학연구소의 초청을 받아서 한국의
철학자들이 모스크바에 갔다. 그 당시 동행했던 한국
의 철학자들 가운데는 김태길 교수, 차인석 교수, 엄정
식 교수, 김영진 교수 그리고 내가 포함되어 있었다.

난생처음으로 공산권 세계였던 곳을 방문했다. 공
산 체제 시절에 러시아의 철학연구소는 공산주의 이념
을 연구하고, 그것을 전 세계에 퍼뜨리는 핵심 기관이
었다. 그러나 우리가 방문했을 때는 고르바초프가 집
권할 때여서 그 연구소에서는 서양의 모든 철학사상을
연구하던 시기였다.

그래서 우리도 같은 자유 세계에 속한 철학자들로
서 왕래할 수 있게 된 것이다. 우리는 그때 공통의 주제
아래 논문을 발표하고 서로 토론했다. 발표와 토론 때

사용된 언어는 영어였다. 러시아 철학자와 한국 철학자들에겐 영어가 모국어가 아니었으므로 매우 서글픈 모임이었다고 기억된다.

이렇게 시작된 러시아 철학자들과의 왕래는 지속되어 서울대 철학사상연구소가 모스크바에 있는 철학자들을 서울로 초청하여 학술모임도 하고, 여러 가지 친목의 시간을 갖기도 했다. 엄정식 교수의 집에 초청하여 식사 대접도 했다. 그리고 나의 아파트에도 초청하여 음식 대접을 했다. 이러한 러시아 철학자들과의 왕래는 그 이후 여러 차례 계속되었다. 모스크바대학교 철학과 교수들과도 왕래했다.

모스크바에 처음 갔을 때 시내 구경을 나갔는데, 점심때쯤 되었을 때 난생처음 보는 이상한 광경을 보았다. 시내 길가에 수백 명의 사람이 줄을 지어 몇백 미터나 서 있는 게 아닌가! 알고 보니 햄버거를 사러 수백 명이 줄을 서 있었던 것이다. 우리 일행도 모스크바에서 미국의 음식인 햄버거를 사 먹으러 대열에 합류했다. 그 당시 모스크바에는 햄버거집이 하나 생겼는데,

미국 음식을 먹고자 하는 사람들이 그렇게 많았던 것이다. 그것은 미국의 자본주의가 러시아에 처음 상륙한 눈에 보이는 증거물이었던 셈이다.

그리고 그 당시 러시아는 미국과 대적할 수 있는 무기를 생산하였으나, 일반 사람들이 사용하는 물품 생산에는 신경을 쓰지 않았다. 그래서 비 올 때 사용하는 우산을 생산하지 않았다. 그래서 우리가 모스크바에 갈 때 우산을 수십 개 사서 가서 러시아 철학자들에게 선물로 나누어주면 그들은 너무나 고맙게 여겼다.

한편 차인석 교수와 내가 서울대로부터 연구비를 받았는데, 연구 프로젝트의 내용은 러시아 철학의 근황이었다. 그런데 우리가 그 당시 급변하는 러시아 철학계를 알기 위한 방편으로 열 명의 철학자들에게 각기 다른 철학의 영역에 걸쳐 발표하도록 부탁했다. 발표하는 러시아 철학자들에게는 100달러를 수고비로 주었는데 그 당시 모스크바의 철학자들의 한 달 봉급이 30달러 정도밖에 되지 않았다.

그래서 러시아 철학자들은 몇 페이지 안 되는 원고

를 발표하고 3개월 봉급에 해당하는 수고비를 우리로부터 받았으니, 그들은 너무나 고마워했다. 그 당시 우리 한국의 철학자들은 경제적인 면에서뿐 아니라 서양철학에 관한 지식에서도 러시아 철학자들보다 매우 우월한 위치에 놓여 있었다.

소련 공산 체제 아래서 일반 국민의 생활 수준은 한국보다 훨씬 낮았을 뿐 아니라, 서양철학에 관한 지식도 우리나라의 철학과 학부 학생 수준에 머물러 있었다. 소련 공산주의 체제 아래서는 철학 교육은 오로지 마르크스 레닌 철학만 교육하고 연구하는 것이 허용되었기 때문이었다. 그러다가 고르바초프가 집권하면서부터 다른 서방세계와 마찬가지로 모든 철학사상에 관한 교육과 연구가 허용되었다.

그런 상황이었으니 우리가 모스크바에 갔을 때는 과거 우리가 서양의 선진국들에 갔을 때와는 너무나 대조적인 상황이었다. 쉽게 표현하면 자유 세계라는 것이 얼마나 공산 체제보다 우월한 세상인가를 몸으로 느낄 수 있었다.

나는 개인적으로 소련 공산 체제의 위성국가에 속했던 나라들에 여행할 기회가 있었다. 물론 내가 방문했을 때는 그 위성국가들도 공산 체제로부터 풀려났을 때였다. 그 나라 사람들과 만나 이야기해보았을 때 한결같이 그들은 이렇게 말했다. "우리가 살았던 공산 체제는 말과 글로는 참으로 이상적인 그럴듯한 세상이었으나 막상 살아보니 말과 글로 표현되는 것과 너무나 판이한 세상이었다."

그래서 말과 글로 떠들어대는 공산 체제에 현혹되는 사람들이 세상에 많이 생겨났던 것 같다. 그들이 책 속에서 그리는 세상은 천국 같은 세상이었으나 그들이 체험했던 공산 체제는 지옥과 같은 것이었다는 것이 공산 체제가 무너진 후 공산 체제 아래에서 살았던 사람들의 느낌이 아니었는가 싶다.

33
심경문화재단,
《철학과현실》,
그리고 김태길 교수

1985년 김태길 교수가 서울대학교를 은퇴하시기 1년 전 어느 날 나를 교수님 댁으로 오라고 부르셨다. 김 교수께서 은퇴 후에 하실 일을 나와 상의하고자 부른 것이었다. 김 교수께서는 은퇴 후 연구실을 지을 땅을 지금의 사당동 총신대학교 입구 근처에 100평 정도 구입해 놓았다는 것이었다. 그 땅 위에 은행에서 대출을 받은 돈으로 건축을 한 후 일부는 임대하여 은행 대출금을 갚는 방식으로 꾸려갈 생각이라는 것이었다. 그리고 일부는 자신의 연구실로 사용할 계획이라고 했다. 그리고 연구실에서는 자신의 저술작업도 하고, 다른 사람이 저술한 좋은 책을 출판하여 이 땅의 젊은 세대가 읽을 수 있도록 하는 좋은 문화사업을 구상하고 있다는 것이었다. 이러한 자신의 계획에 대해 나의 소견을 듣고 싶다는 것이 나를 댁으로 부른 소이연所以然이었다.

나는 다음과 같이 소견을 말씀드렸다. 우선 매입해 놓은 총신대학교 입구의 땅은 당시에 발전해가던 강남지역에 비해 낙후지역이었으므로 법원이 자리 잡을 예정지 근처로 옮기는 것이 좋을 것 같으니, 이미 사 놓은 땅 100평을 팔아서 법원 근처에 있는 땅을 새로 매입하는 것이 좋겠다고 제안드렸다. 총신대학교 근처의 땅은 100평에 1억 원 정도이니, 그걸 팔아서 법원 근처에 100평 정도의 땅을 사려면 다른 사람과의 협조가 필요했다. 그래서 황경식 교수의 부인이 경영하는 한의원의 도움을 받아 100평의 땅을 공동으로 사서 건축을 하여 공동으로 사용하는 방안을 제안했다. 그래서 나의 제안대로 황경식 교수 부인의 한의원과 공동으로 땅을 매입하여 공동 건축하기로 하고, 그것을 나중에 실행에 옮겼다.

그리고 김 교수가 구상하는 출판사업은 전문적인 출판 경영업자들과 경쟁해야 하는 복잡한 사업이므로 김 교수가 운영하기에는 적합하지 않다는 것이 나의 견해였다. 그 대신 나는 계간 잡지 같은 것을 발행하여 우리 시대의 젊은이들에게 좋은 읽을거리를 제공하는 것이 좋지 않겠느냐고 제안했다. 그 당시 이미 문학 분야에서는 《창작과비평》과 《문학과지성》이라는 계간지가 좋은 역할을 하고 있었으나, 사상계통에는 그런 잡지가 없으니 김 교수께서 시작해보시는 것이 어떻겠냐는 것이 나의 제안이었다. 김 교수님은 땅을 바꾸자는 나의 제안과 출판사를 하는 대신 계간지를 간행하자는 나의 제안을 모두 흔쾌히 받아들였다. 그래서 김 교수는 그 실행작업에 들어가면서 나의 도움을 요청했다.

첫째로 사 놓은 100평의 땅을 파는 일부터 해야 했는데, 그 100평의 땅은 이미 어떤 사람이 임대하여 사

용 중이었다. 긴 사정을 짧게 줄여서 말하면, 그 임대업
자로부터 땅을 돌려받는 일은 결코 쉬운 일이 아니었
다. 그래서 그 땅을 현금 1억 원으로 회수하는 일을 하
는데 1년 이상의 고된 줄다리기가 필요했다.

그리고 서초동 법원 근처 땅을 매입하기 위해서 황
경식 교수와 협상하는 일은 그리 고된 일은 아니었다.
두 집의 합작으로 100여 평의 땅을 매입했다. 김 교수
가 가진 1억 원의 돈으로는 새 땅을 구입하는 데 40여
평의 값밖에 되지 않았다. 나머지는 황 교수 측에서 부
담하여 4대 6의 비율로 땅 100평을 매입했다. 그리고
그 100평 위에 4층 건물을 지었다. 그 건물을 지어 세
입자를 구해서 운영했는데, 건축하는 일과 세입자를 구
해서 운영하는 일은 황 교수가 책임을 맡았다.

계간지를 발행하는 일은 처음에는 무크지 발행부
터 시작했다. 1988년에 두 권의 무크지를 발행했고,
1989년에 또 한 권의 무크지를 발행했다. 세 번의 무크
지 발행을 잡지 발행의 단초로 삼은 다음 1989년 9월
에 잡지사 등록을 끝냈다. 1990년부터 본격적인 계간

잡지 발행을 시작했다. 발행인 김태길, 편집인 이명현으로 정부에 등록했다. 현재까지 2024년 봄호가 나와《철학과현실》140호가 출판되었다. 햇수로 만 34년이 되었다. 최초 발행인 김태길 교수께서 2009년 5월에 별세하심에 따라 2009년 9월부터 이명현이 발행인이 되어 오늘에 이르렀다.

재단의 설립은 서초동에 지은 4층 건물을 토대로 하여 1992년에 설립되었다. 최초 재단 신청 시 재단 명을 '철학문화연구소'로 신청하였으나, 그 당시 문화부가 재단 명칭이 너무 일반명사라는 이유로 거부하여 '심경문화재단'이라는 이름으로 재단 허가를 받았다.

'심경문화재단'의 1억 원 기금의 원천은 김 교수께서 쓰신 자그마한 책『인간회복 서장』이 수상한 100만 원의 상금이었다. 그의 조카들이 이천에 땅을 사서 과수원 농장을 만들 적에 상금 100만 원으로 1만 평의 땅을 사서 과수원을 함께 경영했다. 과수원을 경영한 지 20년이 되었을 때 과수원 땅 전체를 팔았는데, 김 교수의 1만 평 과수원을 1억 원에 팔았고, 그 과수원을 판

1억 원으로 사당동 총신대학교 입구 근처에 100평의 땅을 매입했던 것이다. 그리고 그 1억 원이 오늘날 '심경문화재단'의 기금인 동시에 계간지 《철학과현실》 발행의 종잣돈이 되었던 것이다.

한 알의 좋은 씨가 썩으면 수많은 인간을 사악으로부터 구원하는 생명의 진리가 된다.

34

단양 이씨 대종친회
우두머리가 되다

　　나의 어린 시절 속에 각인된 지워지지 않는 기억이
나의 일생 동안 살아남아 있다. 내가 겨우 걸음마를 하
며 몇 마디 말을 할 수 있게 되었을 때, 아침에 잠에서
깨어나면 아버님이 계신 방으로 아장아장 걸어 들어
가 아버님께 아침 인사를 드렸다. 그때 아버님은 나에
게 이런 질문을 하시곤 했다. "너 무슨 이 씨냐?" 그러
면 나는 "네 저는 단양 이씨입니다"라고 대답하곤 했
다. 그러면 아버님께서는 "오냐 착한 아들이구나. 밖에

나가 재미있게 놀아라"고 하셨다. 이런 의식은 내가 일곱 살 될 때까지 계속되었던 것 같다.

'단양 이씨!' 귀에 못이 박힐 만큼 너무나 익숙한 단어였다. 앞에서도 이야기한 바와 같이 나는 여덟 살쯤 돼서 고향을 떠나 서울에 와서 새로운 삶을 시작했다. 그 후 남한에서 우여곡절의 세월이 지나 내가 대학을 졸업한 후 공군 장교가 되어 대방동에 있던 공군사관학교의 학술 교관이 되었다. 그때 여름이 되면 사관생도들이 해양 훈련하려고 지금의 동해시까지 군용열차를 타고 갔다. 그때 나도 교관의 한 사람으로 사관생도 해양 훈련 군용열차에 동행하곤 했다. 그 열차가 중앙선이라고 부르는 열차 길을 따라 운행했을 때, 목표지까지 가기 전에 중간역에 정차했다. 기차역 스피커에서 울려 나오는 소리, "여기는 충청북도 단양역입니다." 그때 나는 어릴 적에 아침마다 내가 아버님께 소리쳐대던 "단양 이씨"라는 말이 나의 마음을 강타하는 것이 아닌가! 아, 내가 어릴 적에 아버님 앞에서 떠들어댄 단양 이씨의 단양이 바로 여기로구나! 크나큰 깨우침이라도 얻은 것 같은 기쁨에 나는 사로잡혔다. 나는 그 후에 언제 시간이 나면 단양이라는 곳에 찾아가 보겠다고 마음속으로 다짐했다.

그로부터 여러 해가 지나서 내가 공군 장교로 4년 6개월을 복무한 후 미국 브라운대학교 철학과에서 박사학위 과정을 마치고 한국외국어대학교 철학 교수가 되었을 때였다. 그때 여름방학 동안에 중앙선 기차를 타고 단양이란 마을에 찾아갔다. 기차역에서 내려 단양이라는 시골 마을의 이 골목 저 골목 지나며 길거리에서 노인 어른을 만나면 이렇게 묻곤 했다. "혹시 단양 마을 안에 사는 단양 이씨를 만난 적이 있습니까?" 하지만 만나는 사람마다 모른다는 것이다. 그런데 단양 우씨는 이 동네에 살고 있다고 했다.

그렇게 단양 이씨를 찾고 있을 때 어느새 경찰관이 내 옆에 서 있는 게 아닌가. 그 경찰관은 나에게 이 동네 와서 무엇을 하려는지 모르지만 우선 파출소까지 동행하자고 하였다. 그리고 파출소에 나를 데리고 가더니 신분증을 좀 보자는 것이었다. 그래서 주민등록증을 내보였다. 그러더니 다른 증명서는 없느냐고 하면서 몸에 지닌 증명서라고 할 만한 서류는 다 보자고 했다. 그래서 내 손가방 속을 뒤적여보니 옛날 공군 장교 시절의 신분증이 있었다. 그걸 경찰관에게 보여주었다. 그때야 그 경찰관은 나에게 미안하게 되었다고 사과하는 것이 아닌가. 요즘 북한에서 온 간첩들이 많아서 혹시 그런 사람이 아닌가 하고 의심했는데, 공군 장교 신분증을 보니 간첩이 아님이 확실하다는 걸 알게 되었다는 것이다. 간첩도 위조 주민등록증은 다 소지하고 다닌다는 것이 그 경찰관의 말이었다. 결국 나의 단양에서 단양 이씨를 찾는 일은 실패로 끝나고 서울로 가는 기차를 타고 돌아온 적이 있다. 그런 후에 서울에서 수십 년을 사는 동안 단양 이씨라는 성을 가진 사람을 한 사람도 만난 적이 없다.

그런데 5~6년 전쯤에 공군 학사장교 50기 모임에 참석했다가 50기 동기생 중의 한 사람이 자기가 이북에서 나왔는데 단양 이씨라는 것이었다. 그의 이름은 이인범이요, 그는 평안북도 용천군에 살다가 1950년경에

월남했다는 것이 아닌가! 이인범 씨의 고향이라는 평안북도 용천군은 단양 이씨의 집성촌이다. 우리 아버님의 고향도 용천군이다. 그리고 우리 집 9남매 가운데 일곱 번째인 나보다 먼저 태어난 형님들과 누님들은 모두 용천에서 태어났다. 내가 태어난 신의주시 석상동이란 곳도 용천군과 접경지역이다.

이인범 씨를 만난 후 나는 그에게서 단양 이씨의 현황에 대한 여러 가지 정보를 얻게 되었을 뿐 아니라, 단양 이씨 종친회에서 늦가을에 한 번 가지는 '시제'에도 동행하게 되었다. 그 이후 나는 이인범 씨가 인도하는 대로 여러 가지 종친회 행사에도 참석하곤 했다. 그러던 중 최근 와서는 종친회에서 나를 대종회 회장으로 추대하기로 했다는 이야기도 해주었다. 나는 이인범 씨에게 그것은 얼토당토않은 이야기라며 추대하려는 분들에게 나의 진정한 거절의 뜻을 전해달라고 했다. 그러나 여러 가지 처한 상황을 설명하면서 내가 회장을 맡아야 종친회가 무사하게 지속될 수 있다는 이야기를 전해왔다. 그러던 중 지난 2022년 3월에 나를 회장에 추대하기 위한 회의가 개최되어 다수의 찬성 아래 내가 회장에 추대되기에 이르렀다.

해방 이후 종친회장으로 추대되신 분 가운데 이승만 정권 때 총리 서리가 한 사람 있었고, 또 내무부 장관과 국회의원 이렇게 세 사람이 회장직을 역임했는데, 내가 교육부장관을 지냈으니, 종친회를 위해 봉사해야 한다는 것이 종친들의 의견이라고 했다. 그래서 종친회에 대해서 아무것도 모르는 사람이지만 회장 일을 맡아야 한다는 것이었다.

아프리카에는 추장이라 부르는 사람이 있다는 소리를 들은 적이 있다. 우리의 종친회장이라는 것이 아프리카의 추장이라는 직책과 엇비슷한 것이 아닌가 하는 생각이 든다. 인간공동체의 최소단위가 가족이라면 같은 혈통으로 연결된 공동체의 매듭이 추장이나 종친회 회장이라 해도 무방할 것 같다. 이러한 공동체들이 모인 큰 집합체가 '민족'이라고 할 수 있지 않을까?

집합적 존재가 살아가는 여러 가지 위계가 있는데, 종친회라는 것은 가장 원시적 단계에 해당되는 것 같다. 나의 부친은 내가 어릴 적에 그러한 유교적 원시 공동체에 대한 기초교육을 하신 셈이다. 우리 부친은 유교적 전통에 따라 일생을 사신 분이어서 조상의 묘를 좋은 곳에 모시는 일에도 열중하셨다.

내가 단양 이씨 종친회 회장이 된 것을 가장 반가워하실 분은 아마도 저세상에 계신 아버님이 아닐까 하는 생각이 든다.

35
팔체질론의 창시자
권도원 선생 이야기

내가 서울대 철학과에서 과학철학을 강의하던 때였
다. 어느 날 한의사 한 분으로부터 내 연구실로 전화가
걸려왔다. 권도원 씨는 자기를 소개한 후, 나를 만나 한
번 상의했으면 좋겠다는 것이었다. 그래서 둘이 만났다.

그는 한국 한의학에서 사상체질 이론이 있는데, 그
것을 여덟 가지 체질로 나누는 새로운 이론을 만들어
체질에 따라 다른 침술을 개발하여 환자들을 치료하고
있다고 했다. 그런데 여덟 가지 체질을 구별하는 방법

으로 손목을 자기 손으로 감촉하여 구별하는데, 매우 어려울 뿐 아니라 정확도가 떨어진다는 것이다. 그래서 현대 과학적 방법을 이용하여 체질을 구별하는 법을 개발하고 싶은데, 이런 연구에 도움을 줄 수 있는 현대 과학의 전문가를 소개해줄 수 없느냐고 했다. 그래서 서울대 물리학과를 졸업하고 미국 브라운대학교에서 소립자 물리학으로 박사학위를 받은, 내가 평소에 매우 가까이 지내는 후배를 소개하겠다고 했다. 그의 이름은 소광섭 박사이다. 더욱이나 소 박사는 평소에 한의학에 관심이 있다고 나에게 말한 적도 있고 해서, 권도원 선생의 이야기를 했더니 만날 의사가 있다고 하여 두 사람이 만나도록 주선했다. 두 사람은 체질을 측정하는 기계를 만드는 것에 대해서 이야기를 나누어보았으나, 그 비용이 몇십억 원이 소요될 것 같다는 결론이 나왔다. 권도원 선생은 자기에게 아직 그런 큰돈이 없어서 소 박사에게 만들어보라고 할 수가 없다고 했다. 결국 두 사람의 만남은 아무 성과 없이 끝나고 말았다.

그런데 권도원 선생이 나와 나의 아내에게 식사를

대접하겠다고 해서 장충동에 있는 앰배서더호텔에서 만났다. 내 손과 나의 아내의 손목을 잡고 체질 검사를 하더니 팔체질 이론상으로는 나와 아내가 정반대의 체질인데, 그것이 최고의 남과 여의 체질상의 조화라고 말했다. 쉽게 이야기해서 최고 최상의 부부라는 것이다. 그의 팔체질론에 의하면, 체질마다 체질에 맞는 좋은 음식과 나쁜 음식이 있다는 것이다. 그래서 나의 아내에게 좋은 음식은 나의 체질에 나쁜 음식이며, 나의 아내의 체질에 나쁜 음식은 나의 체질에 좋은 음식이라는 것이다. 이런 말은 보통의 상식으로 우리가 납득하기 어려운 이야기였다. 그런데 우리는 그날 그 이야기를 듣고 권도원 선생으로부터 여덟 가지 체질에 따른 좋은 음식과 나쁜 음식을 적어놓은 도표를 얻어다가 우리 집 냉장고 위에 붙여놓고 살았다. 지금도 나의 아내는 그 도표에 적혀 있는 내용을 참고하여 음식을 만들곤 한다. 남편인 나에게 좋은 음식과 아내인 자신에게 좋은 음식을 만들어 식탁에 올려놓는다.

그로부터 수십 년 후에 우리 부부는 한국 사람들끼

리 한 달간 영국 여행을 했다. 여행하는 동안 호텔에 묵었는데 식탁에는 늘 소고기로 만들어진 음식이 주로 올라왔다. 그런데 나의 아내의 체질에는 소고기가 몸에 해로운 음식으로 되어 있었으나, 영국 여행을 하는 동안 소고기 요리를 안 먹을 수 없었다. 여행에서 돌아온 후 몸이 불편해서 아주 오랜만에 신당동에 있는 권도원 씨 한의원을 찾아가 만났다. 그랬더니 "소고기 많이 드셨군요"라고 하는 것이 아닌가! 그리고 침을 놓아주자 얼마 후 아내의 몸의 이상 증상이 없어졌다.

그 당시 이명박 정권 시절에 광우병 소란이 우리나라에서 큰 사회문제가 된 적이 있다. 권도원 선생에 의하면 소는 풀을 먹고 살아야 하는데 소의 사료에 동물의 뼛가루를 섞어 사료를 만들어 소에게 먹인 후 소에게 건강에 이상이 생겼다는 것이다. 당시 한국에서는 미국의 소고기를 수입하던 때라서 그 소고기를 먹으면 사람의 건강에 이상이 생긴다고 하여 우리 사회를 일대 혼란에 빠트렸던 적이 있다.

소광섭 박사는 서울대학 물리학 교수직에서 은퇴하

여 한의학의 침자리인 경혈에 관한 연구를 서양 과학으로 연구했다. 서양의학의 해부학 교수에 의하면 한의학이 말하는 침 자리인 경혈 같은 것은 죽은 사람의 몸을 해부해보면 어디에서도 찾을 수 없다는 것이다. 그래서 소광섭 박사는 살아 있는 동물의 몸속에 있는 경혈 자리를 찾아냈다고 하여 그 당시 TV 뉴스에 크게 보도되었다. 그 후 소 박사 연구소에서는 침 자리인 경혈에 관한 연구를 계속했다. 지금은 권도원 선생과 소광섭 박사 모두 이 세상을 떠나고 생존해 있지 않다. 권도원 선생과 소광섭 박사가 관심을 가졌던 경혈에 관한 연구가 계속되었더라면, 인간 신체에 관한 획기적 혁명적 변화가 나타날 수 있지 않을까 하고 나는 상상해본다. 무엇보다도 소 박사의 연구가 크게 발전하지 못한 것은 나로서는 매우 안타까운 일이 아닐 수 없다.

36
끝마무리하며

내가 태어난 해 1939년은 독일이 제2차 세계대전을 일으킨 해다. 그야말로 어려울 때 태어났다. 오늘은 2024년이니, 85년이 그동안 흘러갔다.

아직 제3차 세계대전은 터지지 않았다. 그러나 제2차 세계대전 이후 여기저기서 국지적인 전쟁이 계속 터졌다. 그 가운데, 한국전쟁과 베트남전쟁도 있었다. 요즘 중국과 미국 사이에 긴장이 날로 더 하고 있으니, 언제 그것이 세계대전으로 확전될지 알 길이 없다. 그것이 내가 살아 있는 동안에 일어날지 정말 알 길이 없다.

살다 보니 85년이나 흘러갔다. 나 이전에 살다간 선배들은 60세를 넘기기 어려웠던지 회갑 잔치를 성대히 거행했던 것이 지금은 옛일이 되었다. 나는 회갑은 말할 것도 없고 70세, 80세를 그냥 아무 일 없이 넘겼으니, 이제 90세에 잔치나 해보아야 할 판이다. 아니면 100세 잔치?

요즘 서울 장안에는 100세를 넘긴 철학자로 김형석 연세대학교 명예교수가 세인의 관심을 받고 있다. 지금 내 나이 또래의 사람들은 옛사람들과 달리 80세는 보통 사람의 평균수명이 되고 있다. 그러니 우리 세대 사람들 대부분이 100세까지 살게 될지 어찌 알랴! 장수 시대가 오늘이니 말이다.

영국의 철학자 버트런드 러셀은 내가 미국에서 공부하던 1970년에 98세로 세상을 떠났다. 그리고 무엇보다도 세인들의 크게 주목을 끌 만한 사실은 철학자 러셀이 80세가 되었을 때 31세의 처녀 철학 교수를 그의 네 번째 부인으로 맞이했다는 사실이다. 어찌 보면

망신스럽기도 하지만, 80세의 고령에 젊은 부인을 맞이할 수 있는 그의 신체적 능력에 놀라움을 금치 못할 뿐이다. 서양 철학사에서 러셀처럼 고령의 나이에도 엄청난 지적 활동을 한 철학자를 나는 알지 못한다. 육체와 정신 모두 대단한 인간임이 틀림없다.

앞으로 러셀보다도 더 오래 사는 철학자가 나올 가능성은 있다. 그러나 러셀과 같은 사고력과 육체적 능력을 가진 사람이 과연 또 나올 수 있을까?

나는 85세 평생에 이 세상에서 이 골목 저 골목을 드나들었으나, 가장 오래 머문 골목은 대학이다. 대학 골목을 직업으로 삼은 사람들을 세상에서는 대학교수라고 부른다. 내가 대학교수로 살았지만 별로 해놓은 것은 없다. 세계 철학자들을 서울에 모아놓고, 한바탕 떠들게 한 것이 업적이라면 업적이다. 그리고 한국 교육의 틀을 한 번 크게 바꾸어놓은 것이 교육한 사람으로서의 업적이라면 업적이라고 할까? 그리고 철학자로서 내 목소리 한 번 내보려고 '신문법Neo-grammar'을 거론해보았으나, 미완성 교향곡에 그치고 만 것은 아닐까?

그러나 나는 죽는 날까지 계속 그 완성을 위해 노력해 볼 작정이다. 그러나 나는 그 끝 모양이 어떻게 될지 알 수 없다. 나는 끝을 알 수 없는 항로를 향해 지금도 걸어가고 있는 셈이다.

KI신서 12980

돌짝밭에서 진달래꽃이 피다

현우 이명현 자서전

1판 1쇄 인쇄 2024년 7월 16일
1판 1쇄 발행 2024년 8월 1일

지은이 이명현
펴낸이 김영곤
펴낸곳 (주)북이십일 21세기북스

인문기획팀 팀장 양으녕 **책임편집** 서진교 **마케팅** 김주현
디자인 최혜진
출판마케팅영업본부장 한충희
마케팅2팀 나은경 한경화
영업팀 최명열 김다운 권채영 김도연
제작팀 이영민 권경민

출판등록 2000년 5월 6일 제406-2003-061호
주소 (10881) 경기도 파주시 회동길 201(문발동)
대표전화 031-955-2100 **팩스** 031-955-2151 **이메일** book21@book21.co.kr

(주)북이십일 경계를 허무는 콘텐츠 리더

21세기북스 채널에서 도서 정보와 다양한 영상자료, 이벤트를 만나세요!

페이스북 facebook.com/jiinpill21 **포스트** post.naver.com/21c_editors
유튜브 youtube.com/book21pub **인스타그램** instagram.com/jiinpill21
홈페이지 www.book21.com

당신의 일상을 빛내줄 탐나는 탐구 생활 〈탐탐〉
21세기북스 채널에서 취미생활자들을 위한 유익한 정보를 만나보세요!